U0565851

陈村
小传

陈村，本名杨遗华，男，1954 年 5 月生于上海。回族。

父亲病逝于 1953 年底，寡居的母亲做工抚养五个子女。1971 年中学毕业，赴安徽省无为县农村"插队落户"。务农三年后，因病退回上海，在里弄生产组做工。参加 1977 年高考，入上海师范学院政教系专科学习。1980 年毕业，任上海市政二公司职工学校教员。

1979 年，于《上海文学》杂志发表小说。1983 年请创作假脱产创作，1985 年调入上海市作家协会任专业作家，直到 2015 年退休。

其间，1999 年在"榕树下"网站兼职，任艺术总监暨"躺着读书"论坛版主，2002 年初辞职。2004 年在"99 网上书城"网站兼职，任艺术总监、总版主暨"小众菜园"版主，2013 年 8 月辞职。

2007 年，上海作协第八届会员大会当选为副主席，2014 年上海网络作家协会首届会员大会当选为会长，2016 年任《网文新观察》电子刊主编，均于 2018 年卸任。工作期间曾主持多次网络文学评奖，主编数种书籍。

作品有《陈村文集》、长篇小说《鲜花和》、中短篇小说集《屋顶上的脚步》、散文集《今夜的孤独》等 30 余种。

性喜山水，曾到过中国大半省份，以及南斯拉夫、澳大利亚、荷兰、英国、爱尔兰、日本、法国、德国、瑞士等国。因患强直性脊柱炎，不良于行，近年极少外出。

激情
让文字发亮
Passion empowers words.

本册主编　总主编

何向阳　何向阳

名家经典　中篇小说　百年

BAINIAN
ZHONGPIAN
XIAOSHUO
MINGJIA JINGDIAN

陈村　著

走通大渡河

ZOU
TONG
DA
DU
HE

河南文艺出版社
·郑州·

一种文体
与一百年的民族记忆

何向阳 （丛书总主编）

自 20 世纪初,确切地说,自 1918 年 4 月以鲁迅《狂人日记》为标志的第一部白话小说的诞生伊始,新文学迄今已走过了百年的历史。百年的历史相对于古老的中国而言算不上悠久,但 20 世纪初到 21 世纪初这个一百年的文化思想的变化却是翻天覆地的,而记载这翻天覆地之巨变的,文学功莫大焉。作为一个民族的情感、思想、心灵的记录,从小处说起的小说,可能比之任何别的文体,或者其他样式的主观叙述与历史追忆,都更真切真实。将这一百年的经典小说挑选出来，放在一起，或可看到一个民族的心性的发展，而那可能被时间与事件遮盖的深层的民族心灵的密码，在这样一种系统的阅读中，也会清晰地得到揭示。

所需的仍是那份耐心。如鲁迅在近百年前对阿Q的抽丝剥茧，萧红对生死场的深观内视，这样的作家的耐心，成就了我们今天的回顾与判断，使我们——作为这一古老民族的每一个个体，都能找到那个线头，并警觉于我们的某种性格缺陷，同时也不忘我们的辉煌的来路和伟大的祖先。

来路是如此重要，以至小说除了是个人技艺的展示之外，更大一部分是它对社会人众的灵魂的素描，如果没有鲁迅，仍在阿Q精神中生活也不同程度带有阿Q相的我们，可能会失去或推迟认识自己的另一面的机会，当然，如果没有鲁迅之后的一代代作家对人的观察和省思，我们生活其中而不自知的日子也许更少苦恼但终是离麻木更近，是这些作家把先知的写下来给我们看，提示我们这是一种人生，但也还有另一种人生，不一样的，可以去尝试，可以去追寻，这是小说更重要的功能，是文学家个人通过文字传达、建构并最终必然参与到的民族思想再造的部分。

我们从这优秀者中先选取百位。他们的目光是不同的，但都是独特的。一百年，一百位作家，每位作家出版一部代表作品。百人百部百年，是今天的我们对于百年前开始的新文化运动的一份特别的纪念。

而之所以选取中篇小说这样一种文体，也是出于这个原因。

中篇小说，只是一种称谓，其篇幅介于长篇小说和短篇小说之间，长篇的体积更大，短篇好似又不足以支撑，而介于两者之间的中篇小说兼具长篇的社会学容量与短篇的技艺表达，虽然这种文体的命名只是在20世纪的七八十年代才明确出现，但三四十年间发展迅速，其中的优秀作品在不同时期或年份涵盖长、短篇而代表了小说甚至文学的高峰，比如路遥的《人生》、张承志的《北方的河》、莫言的《透明的红萝卜》、韩少功的《爸爸爸》、王安忆的《小鲍庄》、铁凝的《永远有多远》等等，不胜枚举。我曾在一篇言及年度小说的序文中讲到一个观点，小说是留给后来者的"考古学"，它面对的不是土层和古物,但发掘的工作更加艰巨,因为它面对的是一个民族的精神最深层的奥秘,作家这个田野考察者,交给我们的他的个人的报告,不啻是一份份关于民族心灵潜行的记录,而有一天,把这些"报告"收集起来的我们会发现,它是一份长长的报告,在报告的封面上应写着"一个民族的精神考古"。

一百年在人类历史上不过白驹过隙,何况是刚刚挣得名分的中篇小说文体——国际通用的是小说只有长、短篇之分,并无中篇的命名,而新文化运动伊始直至70年代早期,中篇小说的概念一直未得到强化,需要说明的是,这给我们今天的编选带来了困难,所以在新文学的现代部分以及当代部分的前半段,我们选取了篇幅较短篇稍长又不足长篇的小说,譬如鲁迅的《祝福》《孤独者》,它们的篇幅长度虽不及《阿Q正传》,但较之鲁迅自己的其他小说已是长的了。其他的现代时期作家的小说选取同理。所以在编选中我也曾想,命名"中篇小说名家经典"是否足以囊括,或者不如叫作"百年百人百部小说",但如此称谓又是对短篇小说的掩埋和对长篇小说的漠视,还是点出

"中篇"为好。命名之事,本是予实之名,世间之事,也是先有实后有名,文学亦然。较之它所提供的人性含量而言,对之命名得是否妥帖则已显得不那么重要了。

值此新文化运动一百年之际,向这一百年来通过文学的表达探索民族深层精神的中国作家们致敬。因有你们的记述,这一百年留下的痕迹会有所不同。

感谢河南文艺出版社,感谢编辑们的敬业和坚持。在出版业不免受利益驱动的今天,他们的眼光和气魄有所不同。

2017 年 5 月 29 日　郑州

目录

　　大渡河,古称浹水、若水、泸水,为岷江支流,发源于青海省日纳浪山南麓,全长 1155 公里。自河源至河口总落差 3500 米,河道平均比降 3.2‰,为山岳型河川……铜街子水文站实测最大流量为 9350 立方米/秒,最小为 318 立方米/秒。平均流速 4~6 米/秒。水位变幅一般 5~7 米,最大 9 米。洪水期为 6—9 月,每年洪水 10~12 次,延续时间 3~5 天……

　　单漂河道,上自足木足河的龙头滩,下至乐山的小来村,主支流全长 837.5 公里……

　　河道礁石密布,连续跌坎,极易堆垛。下游开阔河段系砂卵石冲积河床,浅滩林立……建局来,炸河中礁石 684,699 立方米……诱导化程度 75%。

　　年交材量:最高 1,824,537 立方米(1960 年),最低 134,647 立方米,常年百万方上下。1956 年到 1980 年,共接受森工交材 26,859,964 立方米……漂木强度:300~400 件/分,最高达千件。最大日过材量 548,027 件(1969

年6月14日）。一次洪水过程最大过材量 1,298,819 件（1979年6月19日—7月1日）……

建局来，有189位职工因工死亡……

——摘自《大渡河木材水运局档案》

我走出马林局大院，沿梭磨河散步。

大院门口的花坛即将完工，它为庆祝阿坝州三十周年而建。马尔康将会史无前例地热闹。这是大事。

我喜欢散步，在散步时想事。

我朝松岗方向走去。

太阳已躲进山后，西天一片暗红，乌鸦归巢了，低低而急急地飞着……卡车也急急的，装载原木，捎带着搭车的，喇叭催开行人，横蛮，自信……车后飞起尘土……今晚，他们歇哪儿？

一车建筑垃圾倒进梭磨河，倒得利索……

从马尔康回成都，三百九十四公里，北京牌吉普只需一天，小张只需一天。他行。他摔过两次了，命大，没把他摔老实。总是急急匆匆……慢慢走，在米亚罗喝碗茶，在杂谷脑住一宿……第二天再走。

早上还是吃醪糟蛋，还是我付钱。甜得安逸……

梭磨河暗暗的。许是那车垃圾的作用。这儿是下游呢（乐山也是下游）……该把大衣带上来的，9月了，9月的鹧鸪山真的能下雪。

三年没上来看看了。 看了三年报表、计划、情况，看了三年凌云寺、乌尤坝，那一成不变的大佛……

想念大渡河……

它在乐山汇入岷江……

它不再是大渡河。 它被大佛镇住了。

……永远叫着跳着漩着，永远恶作剧……水，那么硬，那么凉，那么滔滔不绝。

一条饥饿的河……它吞没了我的工人。 吞入了再也不肯吐出……

……古全良、苏富贵、林乐山、费丁山、周惟汉、吴大宽、居一清、毛西林、金兴隆、余善堂、罗赫章、邓六龙、吴木桑……

就这样被吞了……

吞没了整整一本《百家姓》！

没有路灯。 河在微微发亮……

她把我拦住。 她穿着一件红色的上衣，红得洋气。 她问我是不是刘科长，大水局的刘科长。 她说她有事找我，非常要紧的事。

——说吧……

她说她从上海来，她说，她是作家协会会员，受国务院林业部委托，深入西南林区……她拿出纸和一块硬牌，我看不见，只摸了摸。 可惜，不是盲文……我想点根火柴看看，又怕把它给烧了。

——说吧……

——我到成都只花了三个小时，两千三百公里……从成都到马尔康走了两天。坐班车，省厅派不出车……我在马尔康等了三天，等车……

我不知她想干什么。

——他们总说"明天"……

——找我没用。我明天就回成都。走你来的路，米亚罗，杂谷脑，汶川，灌县。你要是回去，我能带你。我的车空……

她沉默了片刻，改用热情的语言向我述说她的计划。她讲到红军，原木，流送，大渡河（她似乎事先看过或听过点什么）……

——这儿，没车是走不了的。

——所以，我找你，请你……

——既然是部里请你来，你让部里想想办法。

我对他们没有好感。我接待过他们。

——部在北京！

我当然知道。

——你怕什么？

见鬼！我怕？

——你就不想看看大渡河吗？你都三年没看见了，你在河边二十多年……

——我想不想和你没有关系（我把证件还她后，开始往回走。天冷了。这里是高原）。你也住马林局?

她让在我身后。我敢担保，即使再等十个三天，也绝不会有车空出来。山里，车永远不会嫌多。她能坐上飞机，不一定能坐上这儿的小车。她要是聪明，趁早转回成都。四川是很有地方可玩的，玩够了，向林业部销差。

——山里经常垮方，就是塌方……

——我知道。

——有车，有时还得靠脚。山路不好走……

她说她买了球鞋，她抬了下脚，我什么也没看清。

——你叫我失望。

我承认，这种说法是客观的，虽然我并没亲自给她希望。部里的介绍信不总是管用的，这不是我们的分内事。我们和部里想的不总一样。我们不希望外人来打搅。

——你看着，我就是走也走去……

她想干什么?

——走通大渡河。

当年(1956年)，我们从雅安出发，经汉源溯河而上。

我们要用皮尺把大渡河拉穿。

背着步枪、被盖、粮食……

胖胖的古全良工程师老落在最后，苏富贵给他背着行李。踏勘队连我五个。许元元总是能干的，一天能走一百多里。最厉害的是赵子军,他能背两百斤,我们叫他"牦牛"。

有时挨饿,有时饱餐。獐子肉三分一斤。吃点苹果、核桃不用花钱。

那年,我们都还年轻。

是王海要我们去的,他把我叫到他的小黑屋里。

(我在川南森工局就跟他,我愿跟他。他来大渡河,把我带上了,但他从不说喜欢我。人人叫他王海,没人叫局长,例外的是总务科老李,管他叫"司令",用的是游击队的叫法。他三十四岁,整整长我十岁。)

"给你四个月,给你四个人,你当队长。"

(王海喜欢站着说话,喜欢带枪……)

"去把大渡河摸一遍,河怎样,林子怎样,路怎样,能不能流出木材。给我弄张图出来,越细越好。"

(我从没看见王海喝茶,他的桌上没有茶杯……)

"封你个副队长,林勘队副队长。完成了,给你戴花;完不成,你给我回家。"

"回川南?"

"你有脸回去!"

(王海重"脸",他老说,人得"有脸"……)

"上游已组建三个林场,木头很快就要顺水而下。没有公路,谈不上陆运。政府催得很急,就看大渡河争不争气了。看你争不争气!"

（王海抽烟。堂堂局长，抽的是叶子烟，小屋里真不是味……）

"大水局才建，没有陪嫁，给你把皮尺，给你把砍刀，一块油布，遮风挡雨。"

（王海还是单身……）

"带上火柴。去买点烟酒，挑好的买，我给你批条。"

我嫌累赘。

"不是让你乐的，你给我背着，背进山去换命。那破枪救不了你。不拍我马屁没什么，拍不好头人的马屁，你们五个谁也别想回来。"

（王海愿意要那间小黑屋，吃着住着办着公擦着枪。他愿意一人一屋……）

"反正，你给我好好回来，带着图纸资料回来。我给你个工程师，大水局的宝贝，我王海的宝贝，他大肚子里全是学问。不要累着他，不要把他弄丢了。我再说一遍，你要把他丢了，我敢枪毙你！"

（王海爱说"再说一遍"，这时，你拼命记住才对……）

王海是这样说的。那句"枪毙"没让我害怕。我不怕他。他的手枪只是摆摆样子……但是，当胖胖的古工程师因他的胖而栽进大渡河的时候，那句话渐渐浮了起来……一时间，我真的觉得被他毙了。

我们沿梭磨河而下。经过松岗时，我看了看右边山上的石砌碉堡。 它塌了一角，那年武斗中打塌的。 它只能防防架子枪。

我们在白湾拐向北面的足木足河，去达尔达套沟，去马林局 202 场。

她胜利了。

她贪婪地看着窗外，仿佛那是她的领地。

昨晚，她给省厅挂了长途。

省厅的哪个好事分子挂给局长，局长把我从梦中叫起，我以为天塌了。 其实，不过是为了一个不到三十岁的毛丫头，一个四川话中叫"小女子"的人物。 我有点不平。

小张满不在乎。 他爱出车。

午饭在草登道班吃了，道班为我煮了南瓜。 老李曾是我的部下。

我喜欢足木足公社的坝子。 它开阔得叫人舒坦。 青稞还绿，玉米黄了，荞子红了，它有粮仓的富足。 高厚的天蓝得透明……太阳照着足木足河，照着褐色的土地，照着白色的经幡……石灰雀儿总在车头前卖弄，蓝得发黑发亮的乌鸦傲气地瞧着我们。 看它们闲着，能知道今天附近没有天葬。

公路不很好走，依山傍水，一拐一拐地向前，拐得多远也不修个隧道（这路是我们"林家铺子"修的，我们是当地的阔佬，当地的唐僧，谁都想咬一口）……路边的村寨比当年多多了，路通了，他们搬下山来……能看到拖拉机，机手是藏民，车斗里坐着的也是藏民（我们称他们"民族"，他们也自称"民族")……车斗里总坐着三两个藏族女子……拖拉机颤颤巍巍地爬行。

小张按按喇叭,超了上去。

她们指着吉普,说我们听不懂的藏话。

她朝她们挥手,表示亲善,表示平等,表示她的少见多怪。

那晚,我们住进了房子。王通司白天就说能住上房子,这一带他熟。

古工程师想个屋顶快想出病了。

我们爬山,爬向石屋。傍晚……石屋在半山腰上,被阳光照着。

河边已经阴了。大渡河阴沉地作响……

石屋很小,石砌,平顶。孤零零地挂在山腰,怪寂寞的。屋子和屋边的经幡一样破烂。不是那种神、人、畜合一的三层建筑,只有一层,低矮的一层。能住进屋子总叫人高兴。

我打量着四周,记住地形。

两头瘦弱不堪的山羊在门前吃草,杂色的毛……

一支土枪从窗洞后指向我们。那么坚决……

我习惯这套。我朝许元元他们做了个幅度很小的手势,要他们别做蠢事。手暂且别往兜里掏摸,就像棍子一样垂着,一动别动。我们有枪,但最好别用,没等古工程师照顾好肚子,子弹准飞来。藏人个个都是神枪手。

王通司朝石屋喊了几句藏话(汉话一兜兜,蛮话三百兜,他懂七八口话,方圆一百里内够用了)。他朝石屋鞠躬。

"没事了。"

土枪收了。走出一条汉子,他单手提枪,戒备地看着我们……枪口瞅着地面……我和王通司上前,献上一瓶酒和两包烟。

藏人听王通司说话,听得非常认真。

"哦呀!"他说。

行了。

我们清扫了一下小腿上扎的毛毡子和脚上的麻窝子,拍去草虱……进屋,放下背包。

屋里更暗,虽然生着火……到处是油烟……屋角挂着的苞谷串……佛像……一个女子……

暖烘烘的膻臭味,叫人发困。

藏人女子端上酥油茶,我们恭敬地接过,一小口一小口地喝着。

我还是想吐。当然,比第一次喝时好多了。那天,我当场吐了出来,于是,理所当然地被逐出门去,他们四个都白喝了……这茶非喝不可。

她加柴加得很勤。

王通司代我们转达敬意。他告诉他,我们进山是头人恩准的。我去拜会过头人,头人喜欢我奉献的烟酒,于是也喜欢我了,头人同意我在这一带行走,但不准带物产出山。

藏人似乎放心了。

那女子问通司:他们找金子还是找麝香?

王通司尽量回答着。(作为通司和向导,他是称职的。他解放前逃进山来——那时候犯了王法就逃。他不肯告诉我,是杀人还是越货。他和藏民一样。他喝酥油茶喝得很香。一个道地的"土汉人"。)

我知道这女子不肯相信,她父亲也不会相信。河有什么可查的?鬼话!这里向来很少来外人……打冤家的汉子,收鸦片的贩子……盐贩子……淘金的光棍,胆大妄为,总又逃不脱可悲的下场……过路的是獐子、豹子和老熊。老熊走过,要么捣毁苞谷,要么留下皮子。它能将石屋拱翻……如今,不种罂粟了,那香的好看的花儿没有了,那果果中香香的米米没有了,鸦片贩子走了再没来过,沟边的那条毛毛路荒了……

只有一老一少……

女子毫不掩饰地瞅着苏富贵。

苏富贵坐在我身后,一定也在看她。他正是看女人的年纪。就是这样看坏了事儿的。进山才两个月,他就耐不住了,他不计较那件脏破的藏袍……他也是土汉人。

(事后,我问他,你不嫌脏了?他看看我又看看自己,说,我们谁干净了?)

晚饭在这样的看来看去中吃完了。藏人做了酸菜面皮汤,从祖宗传下来的皮袋中舀了许多酥油。我们谢辞了,在火上烤着前一顿剩下的灰面馍馍。王通司当仁不让,他早已被彻底同化了,也是"三天不吃酸,走路打老颤"。为了讨好那女子,苏富贵喝了一口。他只喝一口,不过确实咽了下去。

我盯着苏富贵,还要许元元也盯着,生怕有闪失。这里不比川西坝子,大意不得。他去小便我也小便,不让他走出我们的视野。今晚盯紧点,明天一早就走,任他再有本事也使不上。

屋外一片星空。星星大得能感觉到重量。古工程师也跟了出来。(他曾是川西邓锡侯的通河管事,常年驻守米亚罗,管理岷江上下的棚长、漂师。)他伸伸腿,抬头用北极星来校他的"中正式"指北针。这"军政部制发"的破玩意儿,是他在地摊上觅来的。他十分珍视。

室外一片星光……死沉死沉的星星,大得像碟子。有它们悬在头顶,悬在空空洞洞的天上,天更黑了。没有星星的天其实是不黑的……银河,那无数的天的雀斑,生出一丝暖意……

很小的风……

老蒋想跟着我,我要他回去。只要我高声说话,他就不敢不听，他是听惯了的，别看他当上了场长。他怕我醉了，掉进达尔达套沟里。没这事。达尔达套沟并不深，掉进去就爬起来，浸一下罢了。

这里海拔三千多米……

我走到楞场。原木在这儿集结。上空一道钢索，连着远处的那根钢索……缆车道以这儿为起点，坡度25°，载上原木，滑向山下的浮式渠道……成本很高。

我拍着粗壮的原木：冷杉、云杉。

原木构成的渠道，将原木送入大河，足木足河……然后，直奔大金川。

眼下还不能。得等到明年（春天，洪水来了），现在下水，原木会沉的。

我抽烟。现在还能动火。草没枯，风不大……

楞场很大……新鲜树木才有的香气，好闻得很……几千方杉木的香气，依然很淡……在山上，它们是一座小山，一面大坡……如今，被砍断臂膀，剥得精赤条条，有失体面地躺着……在山上，一棵大树就是一个国王，张牙舞爪，目空一切。

我绕着楞场走着……这棵树龄不下于二百五十年，没有空心腐朽。它能顺洪而下，经可尔因、丹巴、泸定、石棉、汉源、峨边……我剥下那块残存的树皮，放在鼻下闻着，深深地吸气。它将和其他原木一起，在福录被扎成小排，在宜宾被扎成大排，进入长江……树皮有点潮，还韧得很，它曾经不是废物……上重庆，进三峡，出南津关是葛洲坝电站，驶进千吨船闸，两千多米宽的拦江大坝，不远处的宜昌的灯火……我愚蠢地想把树皮贴在树干上，它滑下去，滑进下面的原木间的窄缝，无声无息地死了……大排被拖到武汉、南京、上海。它们不免被锯成一块块，一根根，一条条，变作一摊锯末，变作刨花……一部分死了，一部分活了。

树是有灵性的。

我坐在原木上抽烟，拍拍它。

老蒋不来找我，我也许能坐到天亮。我把烟头掐了，于是，只剩下新鲜原木才有的木香。

达尔达套沟在流着……

手电的光柱朝这边扫来，没发现我，又转开了。

老蒋在叫，还有她的声音。两山间游荡着浅浅的回声。

我看见一颗流星坠落……

　　我还是被苏富贵骗了，他蓄谋了整整一夜（这一夜，他像豹子一样忍着）。他一副天真无邪的模样，连精明的许元元都上了当。

　　他说困了，早早进屋。我正想跟去，他出来倒去洗脸水。

　　藏人紧跟着出来，朝苏富贵大吼，没人闹得清是什么得罪了他。王通司从瞌睡中惊醒……藏人恶狠狠地扔着我们的行李,一件一件扔出屋。我差点以为苏富贵调戏了那女子。

古工程师变了脸色,他想上去救他的"中正式",我拉住他。扔吧扔吧,过会儿他得给我捡回去。

就差动枪了……

酒瓶显然碎了,这攻无不克的贿赂品……赵子军的背包湿了一大块,发出诱人的酒香。藏民先天爱酒,眼下,酒也没叫他清醒。

苏富贵想动武了,他不再管什么女人不女人的(我错就错在这里),他把子弹上了膛……枪对着枪……他弄不懂,泼了一盆水有什么可发火的……我把他的枪下了。

王通司拉住藏人,把他劝进屋去。

王通司说,藏民打冤家打怕了,从来不住河边。房子建在山腰或山顶,那里一览无余……屋子上山,只能喝屋檐水,靠天……背水得走整整一天……水像酒一样珍贵。

我懂了,但我不甘心露宿。

从一早起,当王通司向我们宣布这间遥远的石屋,我们的情绪就活跃起来了。古工程师特别兴奋,他想个屋顶快想出病了,有两次,他的大肚子差点被飞石击中……一块像他肚子那么大的飞石……

我得让他住进去,不管什么代价——除了杀人。

"你跟他说,我给他烟,带酒味的烟,包里的全给他……"

"他不会要。"

"他要什么?"

王通司摇摇头。

好吧,豁出来了。我在那个摔扁的包里掏摸了一阵,把枪交给许元元,只身推开门。

他退了一步,异常敏捷地抓起枪……

我朝他摊开手心。

他不相信地看着我……我的手仍摊着——两块核桃大的岩盐……

他一把抓了过去,用舌头舔了又舔,舔完一块再舔一块……轮流地舔,不断地、轻轻地、狂热地、久久地舔着,久久,久久地舔着……他女子伸过舌头,被他推开了……那暗红色的灵巧的舌头又伸了过来……

他从土色的藏袍里取出一只脏脏的羊皮小口袋,万分小心地将盐装了进去……口袋藏在胸口,拍了两拍……一遍遍舔完手掌……他没说话,出门,拎着赵子军的背包又进来了。

他们也进来了……

我陪她爬了次山,爬到叫"鸡心包"的采伐点。

路上我才弄明白,她叫王兮,不是王分。 怪字。

("帝高阳之苗裔兮"的"兮",她说。)

几乎没路。 常常得从倒桩的树身爬过,从枯朽的树下钻过。坡度在 $40°\sim60°$ 之间。她喜欢伸手抓点什么，第一次抓到一手野木耳，她高兴地叫了，第二次抓住"美人脱衣"的荆条，她也叫了，不过叫得伤感。

——真疼！哦，刺人的东西也这么美！

翠绿的荆条，刺是嫩红的。确实美。

她喘得像头母牛……

——还走吗，歇不歇？

——走。

已经听见油锯的叫声……

倒桩了——

那是树精，树王……即使倒下，也把周围的草木吓个不轻……它死得不失尊严。

……大树倒下了，长长的一声叹息……用力一挣……山跳了一下……

她数着年轮。

$35°$ 以上的坡，只能用青冈斧，最先进的工具往往也是最死板的。我注意到，不总是按着部颁标准。规定：伐桩不能高于上坡面 5 厘米……

在鸡心包的那两个小时，她从一棵树转到另一棵树。居然没转晕。她的上衣红得呛人，像一团跳动的火焰……她为每棵树送葬，像个尽职的神甫……她也扮演了屠夫，挥着青冈斧没上没下地砍，不到一分钟，连人带斧子甩了出去……她跪在地上，大口大口喘气……没让她用油锯，我要他们别给。 她很不高兴，但她对我无可奈何。 我看得出，她那骂人的话就要出口了，强咽下去。 再过几天，可就没这么客气……

她学到了一组新的术语：伐区、伐块……迎门树、砍片、留弦、挂耳……一直到倒桩。 倒桩后的断筒、圆头、小头小面……更新林、过熟林、防火道……长材、材积……移床育苗……

她用斧背敲着树干，试弹力，听声音……如有空响便腐朽了……但愿不是……

午饭在山上吃了。 工人们匀出干粮，在火上烤着，挺香，挺脆。 山高了，饭不容易煮熟……她的上衣红得耀眼。 她一口接一口地吞着馒头，她敢吃麻辣了……冬天只能吃冷的，不能生火，连抽烟都不自在，"一人带火，集体抽烟"……

工人们看她。

她不怕人看。

他们的家眷百分之八十几都在山外……

下山时，她拄着工人给她削的树棍，一跳一跳地走在前头……她夸着天，夸着地，夸山，夸树，夸水，特别夸工人……当然，她不会夸我。

我捡起她的采访笔记还她。

她把掉出来的花草标本一一夹好。

谁都没有说话,谁都不再洗脸。连有洁癖的古工程师也免了。他即使在山里也天天擦身,擦半小时,直到那个大肚子红扑扑的……

地上铺着草,我们围着火睡。很挤。枪在我的手边,我把子弹退出,藏了……苏富贵紧跟着赵子军睡着了……一片鼾声……

经过这一回,他大概死心了,我想,他没什么盼头了。那藏女和衣睡在火塘的另一边,脸朝着我们……眼睛睁得很大,藏人朝她说了句什么,她仍看着苏富贵……我睡在最外面,古工程师靠墙而眠,他心满意足地打着鼾……她看了一会儿苏富贵,无可奈何地闭上眼睛。

真暖和……

藏人坐在门边,不断地抽着自产自销的蓝花烟(呛人得很),眼睛不时瞥一眼屋外。我没去理他,他不会怎么的。

他怕头人派人来杀我们。

他放了一夜哨。

他不是个称职的哨兵。

清晨,许元元大惊小怪地把我推醒。

"醒醒……跑了……醒醒!"

包还在,跑不了。只是人不见了,那女子也不见了。

"没事,"王通司说,"他跟那女子去放羊耍了……"

"耍?"

四川话中,这"耍"字可大有讲究。

我朝大山乱吼一阵,我像受伤的老熊……他胆敢骗我……惊起几只雀子,惊走一只松鼠。查不出脚印……

山很大很大……天气很好。

藏人在砍他的柴,动作准确有力……我让他们整好行装,就等苏富贵了。

他在羊吃饱后回来了。他一个人朝山上爬来,爬山爬得气喘,他脸红了……他背起背包,把古全良的那个也背上。

"上哪儿了?"

"上山……看林相。"

"看清楚了?"

他说,看清了。

"你眼力不错啊!"

他把背包放了下来。他看看许元元和古全良,指望他们能说几句。他们没说。

"想生儿子了?"

他说没想过。

"走吧,没什么大事,"王通司拦在中间,"算不上……"

我要他站开去。我用的是"诛心术":

"你要是还干净,背上包前头走。要不,自己找路吧……"

"不要我了？"

"把钱拿着，够花到川西坝子的，咱们算是朋友一场，两清了。"

苏富贵不远不近地跟着我们，跟了好长一段，跟得人心疼。他无声无息，像头觅食的豹子。他以为我会叫回他的。我没松口（我叫许元元别管闲事。于是，古工程师也住了口）。我就当没看见他，连晚上他生起的那堆篝火也没看见。

他跟了我们三天……

我背着古全良的背包。背得出汗，背得只想骂娘……

看完正在整修的渠道，我们上麻尔柯河边的 208 场，那里住着二百七十三个职工，1980 年才建场。 十五公里公路，花了一百六十万元。

围着火开会……听……讲……她手忙脚乱地记着，还不时提问。 她对那张《四川森林分布图》兴趣十足。

回 202 场的路上，小张将车停在崖边，从工具箱里摸出几管炸药。 他说今晚上有鱼吃了。 他吃鱼的劲头和赵子军一样大。

她胆战心惊地看着，给他递绳递石块。 装雷管时，小张叫她走开，去路边望风，见人见车就叫一声。

他两管一组地缠着，小心地夹上雷管，还绑了块石片加重。 一组有半公斤黄药。

第一声闷响从水底传出后，我们都瞪着水面（回水区，震昏的鱼漂不走）……一股浊流，冒了几个泡……完了。

第二和第三组齐爆，炸药脱手正是时候，脚下微微一震……依然空空的。 剩下一管药，没雷管了，小张死了心。

——没鱼吧？

——有！ 运气不好……

小张开着他的车，这以后，再没说话。

晚上，在她住的寝室里，满满的一屋人。 孩子都认识她了，自信地进来，排列在墙边……发电机不正常，电灯时亮时暗，灯丝红红的……小伙子们先是端坐着，然后，靠在一个个空床上。 山里人直率。

端来收录机，干电池绑成一束，放着软软的歌……

她的床头点着蜡烛，她在本子上记着，不时记一两句。

孩子们被赶了出去。 小伙子们一个接一个讲着或心酸或甜美的爱情故事……大部分是心酸的，太甜的故事只能自己享受……他们想家，也想家乡的姑娘。 家乡……金堂、双流、温江、蒲江、射洪、北川、旺苍、盐亭、江油、什邡、绵竹、绵阳、中江……一个就是一个县，每个县都有美丽温柔的姑娘……

白天，他们是快乐的一群……

电停了好久，他们才散……明天还得上山。他们把自己的心事倒给伙伴，倒给了这个"下江佬"后，各自去寻他们的梦了。

她还在写着，我进去时，她正在写信，用圆珠笔写在赤桦的树皮上，那是好心的小伙子们为她剥来的，厚厚的一卷。

皮尺的头拴在许元元的后腰，他像游着蛙泳，双手向前，拨开枝条荆棘。有时得用砍刀。我们走在獐子路上。走五十米，许元元停下，等拉着他衣角的古工程师描画草图。技术上的问题，我们都听他的。

要不要苏富贵得听我的。

我用望远镜察看河道和林相。实测和目测结合。

石头的大小，数量，位置；河道的宽窄，走向；流速；主流，支流，岔河……树种，树龄，材积；坡度，覆盖率……

就这样一米一米地量过去，从汉源的富林镇量到分水处的可尔因，量到足木足河的龙头滩。

没等量到丹巴，我被王海的电报召了回去(这个电报走了三天)。

王通司溜走了。

他以死亡相威胁，不叫我们过惊心梁子。我没有听他的，我们只有过去。他劝了又劝，一直劝到我发了火……

那晚,我们露宿在大岩嘴下。

他是半夜里走的,只带走唯一没打破的那瓶泸州大曲,他不贪。他大概逃向了四家寨。

地上,是他用树棍画的草图:

大岩嘴、落鹰陀、响水沟、惊心梁子(!)、阎王埇、财神岩、猴子岩、巴郎沟口……他也画了俄日、四家寨、孔玉的位置(那时,孔玉区在山上)。

他在草图边画了面大大的经幡,想叫佛保佑我们,谢谢他的好意。他确实怕了,不然,不会在离怀抱石还有四五天路程时就匆匆逃走……他连钱都没领,只带了一瓶酒。

绝壁……

　　惊心梁子玄又玄,

　　牛舔盐巴二百钱……

大渡河上下谁都会唱。

阎王埇的对河是鬼招手……

怀抱石在惊心梁子上,贴着绝壁的路,到这里拐了个弯……抱住石头,慢慢转过去……千万别低头看河……在宽仅一个脚窝的毛毛路上,把麻窝子脱了,光着脚板死死巴住……踩巴实了,慢慢地转,像牛舔盐巴似的躬身抱石……抱紧了……

下去就是一百多米,水葬是现成的……掉进喧嚣的大渡河,连一声响都听不到。

古全良的身体前倾,转成背部向下,朝河坠去,手抓着空气……叫声像一声叹息。他没来得及为这最后一声吸够空气……

他下去了,没有声响。

看着他下坠,觉得自己也在沉降……

慢慢地,浮起两个字:枪毙。

我不怕被枪毙,但怕这该死的路,怕到心里……

古全良还没走到怀抱石就下去了,赵子军走在他后面……他的粗壮的腰被崖边突起的石头碰了一下……腿本来就是软的。

古全良成了大渡河的第一根单漂……

他不知漂到了哪里,始终没人知道。

"煤矿工埋了没有死,流送工死了没有埋……"

经过达维公社时,她执意要下去看看。

她的红衣、凉帽、照相机,它们引来的孩童……

索桥上飘着许多幅经幡……

她捧在手中,读不出白布上的经文。 那是用印板印上去的。

——你也不懂?

——不懂。 藏民一般也不懂，喇嘛可能懂几句，也可能不懂。

——哦，藏文是这样的……

它挂在桥上、杆子上，据说是图个吉利（民族的事，我知道的不多）……风整日整夜吹着，一遍又一遍读着经文，能消灾治病，祛凶呈祥……

——据说，红四方面军曾在这一带开荒筹粮。

——可靠?

——不是据说吗?（我喜欢她的红上衣了，山里，红色特别艳。 宽宽松松的，却又合体，后背的风帽一跳一跳的，像她的小辫。）红军到过这里，这是历史，不是传说。 中共中央曾在小金开会……

——懋功会议?

——是的。 四十多年前。

——我们到不到泸定?

这一路，非得经过泸定。

——安顺场……哦，跑马山呀!

跑马山不算什么，它不像唱的那么美。

——不美也去，不会不美……

于是，她老是唱那首《康定情歌》，"溜溜"个不停。

喝完茶出来，我们上山，去烈士墓。 她在路边顺手采了几颗野花椒，揉搓着，放在鼻尖下闻闻。

陪我们的派出所所长不爱多说，他是羌人。

蓝天白云，阳光灿烂……

它比画报上介绍过的那些烈士陵园都小，建在坡上……我到过这里。她上前，读了简短的碑文，还在本上记着。

她把花椒籽撒在坟前。她采了几朵小小的野花放在坟前，放在一个六岁男孩的小坟前。花是蓝的。

——这，真的？

我点点头。

——你怕吗？

她问羌人。羌人习惯地摸了摸手枪，他笑了笑：

——现在不会了。

　　我们被押到河边。工人没枪。

　　那年，遭遇土匪，我们队损失七个工人（土匪的枪法很准），都是被土枪击倒的。其中的一个追随古工程师下了河，其余的都埋在山上。

　　一百多人，轮番刨坑。土层太薄，不得已，放了几炮。

　　我听信工人们的话，下葬时，全队的干部提着哭丧棒，全都披麻戴孝……

从可尔因起，是大水局的区段。

水运处建在克什米。

下午，她说去爬可尔因水运处对面的山。这儿的山都没名，见上面有个废弃的碉堡，人们叫它"碉堡山"。

我记不清自己是否爬过。

从索桥过河，从学校的后门上山。

山高不足两百米，虽然没正式的路，还算好走……小雨……她让我在学校里等，我摇摇头，跟上她……操场上有一大群孩子。

她走得很快，气也喘得很快。

一个孩子在山下叫……

他拼命挥手。 走错路了，不站在路上就看不出路来。我们回头，他才住手，依然抬头看着我们。

路是一串"之"字。

从岩洞前经过，门是木板草草拼成的，岩壁已被熏黑……门前用荆条挡着。

她说想进去。

——有人吗？

门没上锁。 她因没主人而退出。 她渴望看一眼洞内陈设，她说，说不定能找到一幅画呢！

她说她酷爱岩画。

她在一丛丛紫蓝色的野花前不走了。 她在衣袋里掏摸着。

——采花？

——不，不是。 你回避一下。

我回避了。

她始终没有叫我，我尴尬地等了很久……傻够了，我朝山上大叫了几声……她的回音很弱。

她已到了山顶。

——你在哪儿？

——进洞了，我在碉堡里。 别进来，好黑！

碉堡用河边的有棱角的石块砌成，手艺不坏。 笔直的十几米，没一点灰浆……它至少已有三十年……绕过去才发现洞口，唯一的一个进口，枪眼式的进口……洞口离地三米，没梯子很难上去。 她是抠着石缝爬的……一失手可能坏事，下面是陡坡，只长灌木的陡坡。

——有银子！ 刘科长，你走开，扔出来啦，富矿！

她扔出一块地地道道的石头。 她说"见者有份"，我让她别傻了。 不过有几颗云母碎屑罢了，丹巴遍地都是。 我坐在碉堡坍了的角上等她。 那儿能避雨。 我抽烟。

碉堡用来防范匪患。 一家子躲进去，底层常年备枪备粮备水。 也为了名气，修得越高越有名，这不是一般人家修得起的……石头从河边扛来，上万块石头，上万人次的上山下河……周围的树木一律剪除，以开阔视野，以杜绝火攻……如今，既没土匪也不要名气，修好的也废弃了，人都搬下山去。

她爬到最高的那个枪眼，朝远山笑着。

她的声音渐渐近了。

她恐怖地宣布，发现了绝命书！

——搞错了，不是的，一张学生作业……

照完相，我们在望得见碉堡的一块坡地上坐下。她砍来一根"美人脱衣"，将嫩红的刺一颗颗掰下。她说，它美得可以，接着又说，是恶毒的美……她还记着被扎的疼痛……后来，她终于息怒，说它只不过是调皮罢了。

我含着一颗"救济粮"。

她一颗接一颗地吃。

相传断粮的红军吃它，因此叫作"救济粮"。红果又小又涩。大自然总是有点仁慈的。

她吃着，吐出硬硬的籽。

——告诉你，刚才我怕了。

——会吗？

——我怕你不上来，我忘了招呼你。听到你的喘气，我觉得安全。我知道是你，别人不这么喘气。听熟了。

我问她碉堡里有什么。

——没什么，有的都给你看了。你没看到的只是那个木架子，上面积土，松松的，很滑。木头朽了，晃动，还吱吱嘎嘎作响，它在自言自语呢……进洞就能看到天，小小的一块天，亮得叫人头晕……它们都不可怕，可是，我确实怕过了。

不知以前进去的人怕不怕，他们进去，留下那张被她当作"绝命书"的纸……我在想象。她说她也在想。

——我能看见当年的景象，稍稍看到一点……

我总记不住她的名字。

——你每天都给我讲个故事，你的故事真多。不全为写作，我爱听……我没有祖母和外祖母（她们死得太早），小时候白白过了，现在得补上。

我告诉她，我的故事都很乏味……永远是死亡和生存，活着的死了，死了的又活过来，颠颠倒倒的……没有爱情。山里，或许老熊野猪有爱情。……赵子军曾那么专注地看着一对牦牛……我告诉她，其实，其实我也爱这条河的，虽然我极其恨它，咒它……有几次，我差点被它弄死，就差那么半步……苏富贵用鸭脚（你见过鸭脚），用鸭脚上的铁嘴扎进我的肋骨，把我钩上岸，像钩漂木……就是这样的故事，既不叫人落泪，也不叫人激动。现在听，现在讲，都觉得有点可笑，像顺口在吹牛，在编故事，在学你们这些作家。

——是真的。我来过了，我一点一点看见了……大渡河是不懂事的河，我懂事了……

不懂事的河在教人懂事，它教了许许多多人……我也算一个。现在，轮到我们来教它。我对她说了这层意思，她掏出了本子。我把本子拿过来，放在一边。我告诉她，我讨厌这种本子……停了会儿，她坦然地说，她理解。

飞来一只漂亮的水画眉，又飞走了……

——你说……

王海的电报将我召了回去。电报很短：

撤职　速回

踏勘由许元元负责。他乐意负责。又派来三个。

我不算什么。没人能顶替古全良。王海再不肯放汪云易（他是现在的总工）上山。他跟汪工程师同吃同住同睡，恨不得将他捧着抱着。汪工程师因此烦他。

我是晚上九点到局的。王海从九点骂到十二点半，骂得我从此不打算做人。我宁可被他枪毙。我低着头听着，丝毫不为自己分辩……其间也有几次低潮，他要我坐下，我硬是不坐。我在路上走了七天才赶到雅安，还赶了几次夜路，碰到过一头豹子，我知道王海在等我。我从四家寨到二道桥，经康定、泸定赶到雅安。我只身翻过大雪山。

我为古工程师哀伤。

他要是不死，不会发生后来的事故。许元元不会撤职。我说过，古全良是解放前的通河管事，知名于岷江。他懂。

当晚我睡得很死，睡得跟死了一样。王海将我活活骂死的。

天没亮，他破门而入，指着被窝又一顿臭骂……他边抽我的烟边骂。其实，点上后就没抽过。他的嘴没停，没空抽它。他说我为大水局，为川西北，为林业部，为各行各业办了一件大好事，功德无量！他说人人都会感谢我，顶礼膜拜，把我当佛爷，当祖宗……

突然，他住口。

我不敢起来,也不敢把头缩进被窝……

他竭力避免提到古全良的名字。我差点就见他哭(我从没见过)……这时,他想起吸烟,烟灭了,他连连吸了几口。

这以后,他再也不提。他像忘了。

祸是许元元闯的。他拍给王海的电报充满文学的语言。

他把丹巴和泸定之间的一段河道在图上标作"十里长滩",这名儿用到现在。他命的名,——他也写了历史。

乱石林立……

星罗棋布……

白浪滔天……

鹅毛沉底……

狗也跳得过……

他把中央都惊动了。省里局里一层层开会……上游,政府已投资一千万,三个森工局相继投产,十几万立方米原木已经采伐……绰斯甲、足木足、梭磨、小金川、大金川,河边屯着原木的山,原木的河……

就等来年的洪水……

许元元挡不住了,十里长滩,十里乱石,十里恶浪⋯⋯上报是责任⋯⋯明年,几十万件单漂顺河而下,乱石绝不肯通融⋯⋯码起拦河大垛,五公里十公里地堆起,一层又一层,高达一二十米,填满河谷⋯⋯一条原木的河⋯⋯摧毁堤岸、村寨、公路⋯⋯地震、塌方、滑坡、泥石流⋯⋯

犯罪啊⋯⋯

没人不心惊胆战。

王海去看了现场,把汪云易也带去。河不通,他和汪云易全是多余的。他带上当时极其罕见的照相器材,也带着他的手枪。

"炸开!"

会上,王海说炸也要炸出一条河道,限时限刻炸开⋯⋯沿河修通驿道,哪里堵住,工人上哪里把它操走⋯⋯国家眼巴巴地等着木材⋯⋯大渡河非通不可,他说,非得通。

"炸开!"

王海把我叫去,封我为泸定水运处主任,令我戴罪立功。他交给我一百二十个工人,并授权我在当地招工。一百二十个人⋯⋯朝鲜回来的复员军人,川南调来的业务骨干,张榜招收的失学青年⋯⋯他命令我即刻出发。

"这回搞砸了⋯⋯"

他瞪了我一眼,不说了。

可尔因很小，水运处所在的克什米也很小，三四十幢平房罢了。

两山夹一沟，夹得紧紧的。

她骑上自行车，去看"阎王堋"（全河叫这名儿的不下五六处）。那里过去很险。

残存的驿道痕迹……

我一一指着……

她有望远镜，儿童的望远镜，才三倍。

我们骑的是加重车，公路起伏，绕山而转……手表拼命拍打着手腕，龙头偏得厉害……来车了，停下，靠边，静候它扬起尘土……

很热很热，穿着衬衫出汗。

在回来的路上，她演出了惊险的活剧。

她忍住不捏刹车，她很快地从我身边飞过……她的衬衫像一只白蝴蝶，飘着飘着……瀑布有点做作地泻下，为她准备了水洼……她一闪而过。

急弯……

她优美地右倾，从肩到踝平服地擦地，自行车也擦地，一直滑到崖前……车轮在空转。

我下车，她从地上爬起，右侧在渗血……

——你举一下胳膊……

——刹不住，钢圈浸了水……没事，骨头不断就没事。

她选择了倒地的办法，此外，还能撞山或下河……

在到丹巴的路上，她老实了一些。 我给她提着行李。她有点跛。 她说自己活该。

公路塌方，得绕道。 塌得路基都没了。 今年都修不起来。 我们沿绰斯甲河向西，经观音桥，走俄日河。 一百四十一公里变作三百三十六公里，够小张受的。

她上车，看了一眼路码表。

小张说，从没走过这道……

我们经过五个县境：马尔康、金川、道孚、乾宁、丹巴。

小张说，过去，这一带土匪出没……

午饭在红卫局 503 场吃的，它在俄日河边。 它筑起森工小路……还是腊肉，还是莲花白……门前，晒着一竹匾菌子，有几只"猴头"……

缓缓上坡，能看见雪山了。

到折多山山顶是下午，手表指着两点三刻……坡坦路宽。 高山草场……远处黑黑的树林，呈块状分布……牦牛在闲逛，望见吉普，怔怔的，突然撒开蹄子，一群一群地奔逃。

路边，蜿蜒伸展的木栅没个尽头，粗糙，结实……草地金黄……俄日河学得文雅，宽宽的缓缓的，绕过帐篷……帐篷外林立的经幡……天葬台边的经幡……飞过几只神鸦……

雪山立在远处，沉静，耀眼……白得像是假的……

高原的风……

她下车。 和雪山合影，和牦牛合影，和路、天、帐篷、河合影……和风合影。

没法不喘气，喘得不卑不亢。 根据植物的分布，可以推测我们已上到海拔三千五（杉树长到这个高度）。 吉普也喘。

走来一伙藏人。 脸黑得精神……全体骑马。 腰佩藏刀……牦牛驮着帐篷什物。 好大的一群牦牛。 白色的牦牛尾，杂色的毛皮。 黑色，黑得不夹一丝杂毛……

他们追寻水草去了。

——这才是藏民！

她说，她想有顶帐篷住住，茹毛饮血……

——别做梦了。

自从人干预自然，人干预人，连气候都变了。 早先，巴望下雨，只消朝山上大喊几声，朝海子打上几枪，兴许还有冰雹……现在温和了。

她老捧着她的本子（我看不顺眼）。 车颠得厉害。

她的右手还可以，她为小张削梨。

我们赶上了好时候。

一早从康定出发，走到二道桥看见太阳。它和硫磺泉同时出现（温泉，多远就能闻到臭皮蛋味）。再走，再走,再走……

一片雪山……

没有向导,把地名都走丢了。

二十个人的先遣队,一人一把雪锹,开路……我随大队行进,位置稍稍偏后。前面有林乐山——走了一天,回回头,还能看见康定的中谷……

把背包扔了,留着粮食。

山上下雪。雪横着扑来,像曳光弹,齐射,扫射……人人中弹,中弹也不在乎……四周一片银白,哦,大雪山……只缺追兵……我喘着气,和他们喘在一处,一喘接着一喘,一喘叠着五喘,有声有色……

(要说美也真是美,我们没有那份闲心,可惜了。)

天黑,露宿。没人肯拍堵挡风的雪墙。我也不肯。乏透了……把雪扒开,背靠背坐着。没柴,生不了火(真想火啊),人缩作一团。雪下着,一百多个圆圆的雪人。

"不许睡着!"

有人留着康定的馍……真硬!啃得挺费劲。

我想到二十年前的红军,非想不可……

有人在哭爹喊娘,叫声像风声一样凄惨……无法一一劝慰,我绕着人群走了一圈("起来,谁也别睡着……"),派了哨。

我们强忍着……不约而同地都睡着了。我睁开眼,四周茫茫的一片白雪……白得那么可恶,叫人想吐。

人呢……

全都逃走了？

我每绊到一个，便把他弄醒。他们从雪下爬出来，动作僵硬……拍拍头上身上的雪粉，相互间用身体碰撞……我数了三遍，确实没错。

还剩四十八个，连我……

他们逃走了……这会儿，正吃着喝着围着火，咒骂着雪山，庆幸脱身……

哨兵找到了，他已冻成了冰坨坨……他被牢牢地捆着，嘴里塞着破布……他们撺掇他一起走，他没同意，他想嚷……他爬过朝鲜的雪山。

他们只想逃命，不想杀他……还是把他杀了。天杀的！

山白得叫人发疯。人是很容易就发疯的。

稍稍整理队伍，把哨兵埋了（他叫居一清）……雪能没到腰。再没有什么先遣队，雪锹丢了，粮袋丢了，恨不得把自己都丢了……晚上还是露宿，好歹开了个会，我声明，愿回去的尽管走，别伤天害理……只走了十多个。后退并不比前进容易，后面也是雪。

第三天爬到山口。风大得能抬起飞机……哭叫声又起，最后一次哭叫了，哭得人心里发毛（我不甘心全军覆没）……雪把人缠住，死缠着，一个看不到另一个……我们在风里雪里飘行……用裤带拉着最壮实的也最好嚷的费丁山。一手提着裤子,一手拉他,他像死牛一样笨重……

头上飘过一页纸。林乐山的书烂了……二十多本资料,他舍不得扔,死去活来地背了三天,风代他扔了。

……爬过山口,想走也走不成,坡陡……把手脚打开,连滚带滑,全凭本事,全凭运气……

滚到坡下……我庆幸翻过了山口,正整理队伍,后面传来林乐山他们的叫声,他们三个掉队了……他们拼命地叫,要我们等等。

雪崩。

他们的叫声把自己埋了。

她再次要求停车是在山顶,小张怎么都不肯再停。 山上荒凉得可怕,连草棵都不见了,阴沉沉的……

植物呈垂直分布。 雪线之下是裸露的岩石,然后,草棵,乔木,然后灌木,然后河与滩。

连藏民都没有了,无论骑马的还是步行的。 没有帐篷……乌鸦,鹰,以至马,羊,牦牛统统不见了……只有天空,只有岩石,只有硬得发脆的空气……

她打开车门,小张及时刹住车。 他骂她(他可不管那个梨)。

她说小便憋了。

小张恨恨的,说不出的恼火。

……她看呆了。

静得就像在月球之上……静得听到了自己。 自己多闹……

一道锯齿般的山的横幅……蓝得发黑的空气……像玻璃一样脆弱的空气，纯得能敲响……绝无奇峰……山，均匀地，不动声色地，无休无止地起伏着。 没有爬它的欲望……蓝得不带一星暖意……向两旁撑开，直撑到天的尽头，不可亲近……高原的威严……

那是西藏。 当年，朝圣者转动经轮，朝那里走去。

我们才三十五个……

下山……

碰到的第一个人是麻风病人。他把我们迎进屋……屋小，我们轮流进去。我们在屋外生起火。我们饿了两三天了，他给我们吃的……我们吃得很香，没有麻风的恐惧……每人分到半块玉米馍馍，在火上烤着，没等烤热……

细细地咀嚼……我让它在口中充分搅拌，混合，感受，很慢很慢地下咽……喉咙口的一阵暖意，很短的一阵，暖极了……

我们拜谢藏人。谢他不被麻风摧残的友善。

我们看见了大渡河……

从乾宁往丹巴一路下坡。

东沟的水洁白。 它接来牦牛沟的更白的水。

藏民搭起帐篷，在温泉中洗澡……

水白得发光。 它左一跳右一跳，在陡水崖变作一簇簇的泡沫和水珠，浮了过去。

——这儿该开辟旅游!

——这算什么!

小张对她的话不以为然。 他上过黄龙寺、九寨沟、红原和诺尔盖草地。 九寨沟有地球上最美的水。

下滑了一个半小时，终于从桥旁擦过。 人多了。 拐向丹巴以北的五里牌。 踏勘完毕，许元元当过一阵这儿的主任。

——当年，这里只有一户人家……

> 大渡河蹦蹦跳跳地向南,乐着耍着,使着性子……河心的乱石不愿相让。河水啃它……恨得咬牙切齿。
>
> 猴子在张望……
>
> 我们站在崖上。我们是三十五个。最经得起的三十五个。
>
> 我们和面前的河。

云母碎屑随风飘荡，衣上，头发上，被子上，到处闪闪发光。 她对它失去了兴趣，不再慷慨地说什么"见者有份"

啦。

座谈会上，她又记下数据和事实（她懂多了，很少要求重复）……她走进宿舍、卫生所（当听到当年给本地乡民打一针要用六七个酒精棉球时，她连连摇头）……她在茶馆里买了碗茶，边喝边和他们摆龙门阵……她喜欢平等地、轻轻地、面对面地，甚至一对一地聊天。

丹巴叫她十分失望。她又骑自行车了，听错了话，汗流浃背地把车扛上死路，收获是踩了一脚牛粪……她异常惊奇地说，看到一条牛仔裤……当她推车走在建在坡上的丹巴镇时，引她注意的还有一张判决刑事犯罪分子的布告。她走进书店，很快又走出来……寄信时，她嫌邮局过于洋气。她说喜欢古老的木楼，不用一根钉的，她说，她是"木楼主义者"……

她执意要去经堂。

门关着。我们去找人……

她走上梯子，兴冲冲地，连厕所都张望了一下（它建在楼侧，简陋但实用）……经堂很暗，藏族老人为我们开窗。她得到允许后，敲了敲悬挂着的鼓，摸摸各种器具……她尝了一撮糌粑，说是"挺香的"……她用掌心抹去一张照片上的浮尘……

老人展开珍藏的佛像，一卷又一卷唐卡……

那是一位喇嘛手绘的，他早已去世。她恭敬地接过，将唐卡一一挂起，仔仔细细地端详……

她请我们坐下，席地而坐，在佛像前合影……闪光灯亮了。

随后，她走上被磨光棱角的独木梯，高高兴兴地上到顶楼的平台……

手无寸铁……

断粮……

无论清河还是修建驿道，都没有肚中的饥荒来得实在。必须找到吃的。

山上有野猪，老熊，豹子，猴子，獐子……真该带上枪的！

我们学着神农在遍尝百草。全队唯一的医生周惟汉懂点草药，懂点而已。那天，我们找到了"癞皮瓜"（学名是什么？），全队为之精神一振。在我吃下至少三个小时后，他们也吃了，人人急不可耐。可幸的是它确实无毒。

癞皮瓜非得煮熟，不然会恼人，吐个不休。它硬硬的，不容易煮垮。它是主食。配上崖边又香又绿的山韭菜，比赖汤圆，比夫妻肺片都好。

没盐没油……没房子，也没帐篷……就是没人叫苦……

我们比藏民还藏民。

广东人是很有眼力的，当我们终于吃起蛇的时候，便佩服他们的先见之明。蛇冬眠了，很难找到，我们还是不断地打搅了它们的清梦,来点小吃……还有田鼠……

四出探路……

邓六龙好样儿的,他终于走出乱石包,几乎是凭着嗅觉走到了孔玉。孔玉区的干部从没听说过我们,他们差点把邓六龙当成了野人……多谢他们的善意,我们吃到了苞谷籽籽,虽然不多,总算有了人的食粮。

两个月后,才建起若即若离的供应线。

晚上,她来找我,带给我巴底的珍珠石榴。 它大如柚子,非常甜。 她说她想寄一个回家。

巴底的什么东西都大,当然,除了人。

我们坐着聊天。 她抱怨丹巴的风沙太大,我说,只不过是“微风”,不算什么。

我对她说,有些事不容易忘记,不管是不是相隔二十多年。 它一步不落地跟着我,跟定了。

不需要特别费心去记。 有些事费了心也难记住。 我爱经历能让人记住的事儿。

她问我怕过死吗,停了下,又问:

——你为什么没死?

——我命大吧……

我想,只有这种解释。 碰上也就碰上了,碰上谁就是谁。 我不怎么怕死,开始有点怕,后来麻木了。 人对什么都会麻木的,会的……我总是一阵一阵,一会儿在乎,一会儿不在乎。当然，对他们我从来都是在乎的，我喜欢他们，所以，我怕失去他们，有一阵，怕到骨头里了，听不得"死"字……

——开创时期，我们局平均三四天就死一个，持续了一年……

她记下后，突然非常奇怪地看着我，仿佛我是凶手。

——非得这样送死吗！

——理论上可以避免，仅仅在理论上……

我承认，尽管我们假设，这也是战争，但它毕竟只是假设。战争中的敌人是会主动出击的。大渡河不这样，它几乎从不跨出河床一步。但是，这条河是会吃人的，从石达开吃起，从藏民的遥远的祖先吃起……

——我恨它！

我对同类的死很难平静，尤其在和平时期。我们不能习惯生产与死亡之间的联系。但是，决不能因此等死。全体等死不如由一小部分人去死。我记得一个传说，远古的人民为了本民族的兴盛，每年以活人向河神纳贡……我相信，一定也有并不悲戚的牺牲者，他担负着全民族的生命……假如，他确实没有做到，那么我们做到了。当然，不是送死，不是为了死，而是为了生。为了众人的生……

——自然也是敌人，它和任何敌人一样，不肯轻易缴械，梦想卷土重来……

她说，不要为自己开脱。

她不能理解，因为，那时她才两岁……两岁时的事是记不住的，除非怪人……（木床、木椅、木门、木窗、木梯、木梁、木橱、木砧、木柴、纸、铅笔……甚至，木马、积木。就不提枕木、坑木、枪托、木模吧，不提！）在她居住的那个大而无当的城市里，每天消费一个伐块的材积，每天……国家要木头。国家没法不要，人人在向国家伸着手。洋人是不白白送的，向来不肯……

她点点头后，说我答非所问。

也许，能干得更好一些，也许，换个队长能比我出色。我们从没见识过这样的河流，苏联专家和以后的芬兰专家也没见过，他们的主意更要不得……我们用血肉之躯换得种种规章……我们太笨，笨到只会举三反一。我们过于自信，过于焦躁，过于凶猛，过于相信自然的媚眼，过于抛掷自己的体力……但是，我们是在背水一战。没有时间，也没有金钱。穷也是致命的。

（大渡河升起白色的沉重的浪，吞入倾泻的流沙……）

死是无法讨论的，任何死都引起（至少是表面的）激动。在人类最初的情感上，任何死都是不幸。人们本能地忽视死的遗产……

——给你讲个故事，我的故事……

——我听着。

——……我走过去，发现了它——一丛野韭菜，鹿儿韭。我扑去，跌倒了……

——梦醒了？

——不是梦。我身下压着韭菜，头低脚高，挂在岸上……下面七十米处，大渡河一起一伏，一块被我碰动的石头下河了……

当时，我大概叫了，没人应。我撑住身子，不敢动弹……慢慢地缩着手，小心地顶住身体……后退，后退，后退，每次退一厘米、半厘米……汗和血涌上脸，没敢摇头……鹿儿韭发散着香气，香得像有什么巫术……

——当时，你想什么了？

——别记。什么都没想。

开工了。

没有工具……

最早的工具来自山上。我们像原始人一样制作工具，制作得恐怕比他们还粗糙。合力瓣下枝丫丫，当作鸭脚，赤脚下河，将力所能及的石头推开搞平。唉，铁器的可贵，这下算是有了前所未有的感性认识。

吃着"癞皮瓜"……

天冷，大渡河却从不上冻。脚冻住了……为防滑而打着赤脚，走在石上，走在河滩的冰上……轮番作业。

岸上的篝火……

不下河的上山，捡柴…挖野菜，找蛇，找田鼠，用嘴和胃检查野菜的毒性……

周惟汉也会出错。他总是先尝,一次,把脑袋吃得大了一倍,没有五官可言……肿了十多天。

真正的工具终于到了,和粮食一起运到……背篓背来的,跋山涉水……在抢修道路。补给线不通,我们只能挨饿,只能空忙。

钢钎很少,二锤更少。搬起石块当锤。依然轮流作业……从黎明到擦黑,有人干着,有人睡着。干着的干得很猛。

凿成的炮眼越积越多,没药。等着。等炸药来了一齐起爆。

炸药终于来了,和七十几个增援的工人一起来的。那天傍晚,我吹响了三遍哨子,随后,地震般的撼动,响声,闪光,烟雾。我敢说,大渡河确实被震昏了。

观光的猴子逃得一个不剩。

我们休整了一天,洗澡,洗衣。

小张到处乱窜,在山里,司机的朋友是最多的。人人都认识他。他被我管住,再没去炸鱼。

他喜欢喝酒,出车总带着酒壶。他爱说"毛毛雨打湿了衣裳,杯杯酒吃穷了家当"。他能酒后开车,只要不超过半斤,确实和没喝一样,动作敏捷,反应迅速,判断准确。不过,我还是把心悬着。他说没事儿,那两次闯祸都没喝酒……

他老子听我的，他却大打折扣，尤以进山为甚。 我不在意。 他们这一辈全这样。 相反，唯唯诺诺察言观色的不定是祸害呢。

路很不好走。

我像骑在马上，两手搭着小张的椅背，她也学我。 她一路捧着她的照相机，像捧着佛爷。

前座，搭上个探亲的妇女和她的孩子。 要是顶替的政策不变，二十多年后，这孩子也是流送工。

瓦丹公路新近修成，暂时还没通车，它跟着我们当年修的驿道。 在山里修路，总是大路跟着小路，公路跟着大路，铁路跟着公路，所有的路都跟着河，跟着沟。

这路也沿河，从丹巴通向泸定以北的瓦斯沟，接上康藏公路。 修它很难。

车出丹巴就被拦住。 我报了身份（自己人），他们放行了，并嘱咐我们注意飞石。 新修的公路总得飞一两年石头，然后渐趋稳定。 在山区，新修的公路往往塌方。 小张急于想看到对面的来车。

还是单车道，隔几十米有处会车的口子。

河在左边……

一辆小车猛地探头……

小张的脸色开朗了。 那车泸定来的。 路通着，尽管前头有流沙、塌方、飞石、缺角，甚至还看见一次小小的泥石流的残骸，毕竟通了……路面尚未压实，颠得厉害。

小张皱皱眉头，要我们下车……

我和她搬着石块（扔进大渡河）。她不弱。流沙流得很凶，路面被压去一半，需要推土机。

我们站在路边。我看着外侧。司机们的信条是：宁撞山，不下河。

右前轮压上了流沙，左轮挨着崖边。小张不敢熄火，往里打着方向盘……半个车轮出去了，掉下几块碎石……悬空……车在石头上跳了一下，猛冲过来……塌得还够意思，要是多塌十厘米，那就硬是安逸了。

入夜，河水比白天更响。

我们睡河滩，睡岩坡，没有帐篷……风大，沙多。

我曾抱着树睡，怕滑下坡去。我用手臂箍紧它，一只手抓住另一只手……可怕的是下雨，那就惨喽！

猴子真多。它们爱在崖上看个热闹。它们鬼得很，盯着我们。晚上，它们搜出我们藏在草丛的工具，有模有样地学着，居然也打出"叮叮当当"的响声。

开始，我们欢迎猴子……

它们坐在树上，吃着，跳着，监工似的瞅着我们……那神气叫人发笑……事情坏在邓六龙身上，他拾起石头扔去，他膂力过人……猴子也扔开了。小石带动大石，有时能撒一片。罗赫章被砸到河里再没起来，他是新来的，结完婚就来了……

事后，天天派人守在崖上，见猴子就轰。值日的还须注意风化石，能撬的撬了，够不着的就看着，一动就叫。我们吃石头的亏吃得够多了……

边清河，边炸驿道……

每日炮声隆隆。

邓六龙上泸定招工。待遇可以，只要肯干（计件工资），每月能挣七八十。那时的七八十！

带回来三十六块"弹簧工"。

他把苏富贵也招来了。

苏富贵壮实多了，脸黑，手粗，头发长长。他看见我，仅仅愣了一下。我叫住他，没训他也没哄他。

我给他烟抽，他说"啃不动"。

"想干？"

"留我就干。这次，我不求你。我干着不合适，我走；你觉得碍眼，你说。"

"好吧，想干就干吧……可惜，这里没有女人，你去数一遍，一百多人，没一个女的！"

"女人也不过如此。我有了，正正规规的。"

他把她娶了。

她奔过去，朝驿道奔去……

河边的坡上，长着硕大的仙人掌，两米多高。

她扔下照相机，脱去外衣，扒着树枝，爬上驿道的残骸，走到走不通的地方……

她跪在地上，察看着什么……

一支绑在树棍上的笔，一罐红漆……

我画哪儿就是哪儿。

脱去棉衣，穿着土布衬衫，草鞋也不要了，光着脚站得巴实，把脚指甲也留着。大脚趾能建头功……从山头结绳而下，漆罐吊在脖子上……抓住葛藤和草棵，运气好的话也许有棵小树。要是光秃秃的一片，只好让绳子勒进肉里，比吃猪肉还鲜……

找准地方，远远地伸出树棍……画上囗是说炸 2.2 米高，1.5 米宽；画上〇是打挂保险绳的桩眼……我画到哪里，工人干到哪里，炸到哪里……

（十一点半到十二点，十七点半到十八点，放炮了，全河乌烟瘴气……）

每天，三五十人吊起（全河吊着几百人，锤声不绝）……有绳的用绳，没绳的用葛藤，拴着腰，从崖上放到工作面……一条费尽心机拉成的交通绳，第一次放炮就全炸烂了，恼火！

先开脚步……轻轻地，不紧不慢地干，半天打不出个眼印……打重了，人就弹出去，在空中画圈（苏富贵老是画圈)……设法荡过去,巴住,再打……余善堂把自己给打颠倒了,脚翻到上面,他看着下面的大渡河,挣扎,却舍不得扔掉钢钎、二锤(运输多难!)……

把直径 22mm 的六棱钢打进六厘米深,打成了,腰就得救了。

周期性小地震,逢七就要死人……整条路垮进河里……保险绳被打断,一次掉下十三个人,死了六个……在响水沟,掉下三个人,死了三个……从水里拉起一个,后面拖着七个……

我上山采石,凿碑立坟,无论有无遗体……

走路死人,睡觉死人,炸山死人,清河死人……死得我惶惶不可终日,工人却更不在乎……

我骂人,我扣工资,我罚饿饭(这招最灵),我用尽所能想到的一切办法。我得管住他们,代他们管住自己。死是最容易的,我们来到河边,并不是来找死。

一个个人就这么挂着,挂在笔直的甚至后陷的岩壁上……打进一根钎子,能站脚了,就穿上棉衣……打进两根钎子,就能出力打炮眼……只是依旧别朝底下看,千万别看,大渡河不让人看。

打到吃饭,爬上去,松一松死去的筋骨,松一松绷紧的神经……工人都怕吃饭,下去了就不愿上来,小便也不上来,就那么零零落落地飘进大渡河,散花一样地飘着……

——你停车（我叫住小张），这是许元元的十里长滩，长滩的进口……

她"噢"了一声匆忙下车。

河水湍急，高高地卷起又深深地陷入……依然立着乱石……水分成多股，拉开，冲撞，吞并又分裂，叫着嚎着，从石上跳过，留下一个套一个的漩儿……

一片怪响……

绵延十里……

她又疯了，强行滑下碎石坡，试图爬上凸入河心的巨石……玩命了！……她手脚并用地爬上去，在站直身子之前膝盖软了一下。站住，朝前走了几步，走到巨石的边上。我挥手要她回来。

她捂住耳朵，又放开……

我给她拍了张照（她在乎这个）。她的双臂正举起，像在指挥这狂乱的交响。

困扰我的是河，是山，是石头，是误食野菜后的中毒，工伤之后的转运和死亡赐予的平静。

很忙，很累……忙得只想更忙，累得不怕更累……什么都倒错了……

苏富贵的女人来队，她为我们种菜。她怀着孩子。她住进了我们的帐篷（刚发不久的帐篷，挺新的），睡在帐篷的角上,和衣而睡。大家让苏富贵也睡到那块破油布后面去,他死活不肯。

就这么一个女的……

晚上天天开会,检讨白天的得失,不超过半小时……然后,摸黑摆龙门阵……

毛西林懂的最多,他见多识广,博而不精。他是灌县人,最熟的是每年的都江堰开水大典。他能说出李冰父子的封号("清封敷泽兴济通佑显惠襄护王","清封承绩广惠显英王"),知道"牲用少牢,祭列九品"和二跪六叩礼,知道年年如一的祝文("维神世德,兴利除患,作堋穿江,舟行清晏,灌溉三郡,沃野千里……尚飨")。他说,他抢到过"水头鸭"。他知道袍哥舵爷(徐子昌、蒋浩澄、银运华、彭焕章)的逸事,知道成都的当铺(布后街的鼎庆,前卫街的崇信,东升街的裕祥)。更熟的是川戏,名丑当头棒(刘成基)据他说曾点拨过他一二。他知道张鑫培和李晓钟的爱情悲剧,他同情李晓钟的情死,送了她那副戏名缀就的挽联("情场幻影,可怜的女儿;爱你死了,是谁害了她")。他曾是"新又新科社"的戏子,学的是小丑,七行八会中属"土地会"。他一天两场戏,时有堂会,为提神而抽上了鸦片。西方的电影进来了,川戏一落千丈。脱去古装,亮出大腿,袒胸露怀……灯光布景,机关布景……李三娘唱起了《四季歌》,孟姜女唱起《五月的风》,一个折子戏要插十几首流行歌,台下的公子哥儿一片吆喝:"要得!"……毛西林无胸可露,无大腿可亮,离开戏班,行乞街头……好心的认出他的观众时而扔给几个铜板。他的漂母……

他成了讨口子……

他认识许多蓉城"名人":东门大桥下河滩的温宾,北门城隍庙的饭甑(子可三日不进食,进食则吃三人的量),曾烂龙,丘二爸,道光老人……他和他们一起,尊唐睿宗李旦为祖师,拈香拜把,称兄道弟,结成香堂——"半把香"。事无业之业,栖无家之家,走无路之路,求无法之法。

他为人刑场收尸,代守尸棚,下河捞"水打棒"(溺尸),当孩儿的干爹以保娃娃过关煞(乞儿八字最硬,命最大)……逢到有酒可喝时,他总半醉地唱起《归正楼》中邱元瑞的唱段:

那高楼住它做啥?卫①桥洞免得漏渣渣;

那牙床睡它做啥?坝地铺免得绊娃娃;

那高头大马骑它做啥?打狗棍挂遍千家;

那绫罗穿它做啥?穿襟襟挂绺绺风流潇洒;

那嘎嘎②吃它做啥?喝稀饭免得槑③牙巴……

历史上有过许多"名乞":唐王李旦,晋公子重耳,韩

---

① 卫:四川方言,蹲、住。

② 嘎嘎:肉。

③ 槑:卡塞。

信,赵匡胤,朱元璋,鲍超,孔夫子……毛西林没想过像他们那样发迹,在米价七十几万一斗的年头,他只希望自己像 1947 年轰动重庆轰动全国的杨妹,也九年不食……

——他还在吗?

——不在了。 那次猴子岩掉下河的三个人中, 有他……

她不再说话, 也没有要求我再讲。

事后, 她对我说, 她想听又怕听……

吉普从石桥驶到左岸。 小张说, 前面的索桥封了。 果然封了。 它介于石桥和铁桥之间。

她弯下腰, 找寻中外驰名的 "泸定桥"——泸定铁索桥……看见了。

站在泸定水运处的坡上, 她又在远眺……

放下包, 她一个人上街。 就一条街, 丢不了。 在晚饭桌上, 她对我说看见了, 还用手摸了摸铁链, 摸了摸桥头堡内的龙头。 铁链很沉很冷。 她说看见一个年高的男子, 虽有左右搀扶, 硬是不敢上桥, 他们钻进了卧车……参观 "革命文物陈列馆" 很费了一番事。 就快关门了。 她说了许多, 她们看着她。 她以为自己被怀疑上了(凡自称作家、记者、导演的近来都非常可疑), 后来才发觉, 她们并没看她, 而是看她的上装。 她从上装口袋取出证件, 她们翻开, 又看了好一会儿——这回是欣赏照片(照片上的她烫发)。

她们绝不讨厌，她说。

她收回证件并谢绝解说。她说，她愿一个人。

果然只有她一个……

她在这座桥的历史中徘徊了很久……最感兴趣的是被替换下的铁链。她记下了时间地点人物（记下了 1935 年 5 月 29 日）……置身于文物之中，她说，自己也历史化了。想了许多……直到被人礼貌地叫了出去。

她对她们说，她还去。她们欢迎她去。

饭后，我到街上走走，一直走到那块"康熙御碑"。她尾随而来。

我们走上铁索桥……

（这曾是大渡河上下唯一的桥。）

比起十里长滩，河水斯文多了，她不用大声说话。

她说，她想写个电影，写得像纪录片，仿纪录片，写这条河……可以穿插几个历史镜头，但主要写现在，写五十年代，写和战争年代一样拼命一样牺牲的人们……

这条河数次上过镜头。这座桥……曾想雇替身从桥上摔下去，摔一次给五百（下游备着四艘橡皮舟救生）。没人敢要这钱……结果，摔了个草人。

——也许，我们也只能摔摔草人。

我对她说，我想看我们的工人上银幕，想看在银幕上再现我们的当年……可能人们不感兴趣（这叫人沮丧），因为那里没谋杀，没女人，总之，缺点麻辣……

——会感兴趣的（她颇有自信），只要能写好，能找到好导演……不要职业演员……让流送工人给自己立传，他们个个能上镜头，脸是活的，没有"金鸡奖"式的微笑和嗔怒……

她做了几个表情，挺像！　我笑了。

在回泸定处的路上，她没头没脑地问：

——他们是烈士？

——不是。　因工死亡。

——我说是的！

　　和山水作对……

　　自从有山有水以来，这里从没人的足迹……

　　毛毛路也偏西。猴子岩上，其实并没猴子。它们躲得远远的，坐在树丫丫上，悠悠然地远眺群山，俯视大渡河……大渡河在等待时机，零敲碎打或一口吞入，吞入竟敢爬到它头上的人。

　　我们在河边，被水和岩壁夹紧……

　　放炮了。山里一阵，水里一阵，飞禽走兽都躲得远远的。水边的石头都用红漆编号定方，逐个清除，麻烦的是河中间的石头，搭不上够不着……

　　架桥。

　　我找到一个老藏人，低三下四地求他（他懂点汉话），好不容易将他说服。他总算动身了,扛上牛皮筏子(那个底儿尖尖圆桶似的玩意儿,能收能张)。我紧跟着他,一路给他递烟,真怕他反悔。

他不反悔,即使水比他想的要凶些,他也说过河。看到河,他就想过去了。他们不喜欢反悔(要是对你拔出刀来,也一定会劈过来,空回刀鞘的话从此便名誉扫地)。他们说话算话。

他找准渡口,一块坡度不大于60°的斜坡,近水长着粗壮的柏树。他指指对岸的下流,说在那儿上岸,要我记住那棵马尾松。

他随身带着酒壶和藏刀。船要是反扣在头上,得用刀划穿船底的牛皮。当然,在水里完成这个动作不像说说那么容易。

船离岸,晃得恼人,他要我别动。就是翻船也别动,死了也别动。我准备好了,喂鱼就喂鱼吧,我是主任,按理,我该带头喂鱼。

他蹲在我前面,膝盖支着船壁。他两手一左一右地划着……桡片很小……他时划时停……水漫进船底,我用帽子戽水……

水比岸上看到的急多了。

我们掉进谷底,又升上浪尖,这破船!我扔掉帽子,双手抓紧支撑船体的"黄金条"(一种树枝)。

他不紧不慢地划着,左一下右一下,像跳锅庄……

筏子朝下游飞快冲去，流速不少于每秒七米（按这速度，当天能到乐山）……看不出船的横移……只要他多划一下，只要河中多块石头，只要我一个踉跄，只要有条大鱼抬一抬身子……

说实话，我还不想完蛋……我苦了半年，一根单漂都没看到。我不想完蛋。

船还是翻了……

已到岸边，我起身跳过去，把船跳翻了，我们和船一齐落水。幸好，有回水，水在很慢地倒流……

他破口大骂，用他藏话中的脏话……

（我听不懂，他白骂了。）

幸好留着火。我们在河滩烧起两堆篝火……他脱掉衣袍，精赤条条地夹在两火之间烤着……他边搓边跳着……他叫我上前，我不理，他冲上来三下两把我制服了，扒光我衣服，把我塞到火中，叫我也跳，跳……

湿衣挂在树棍支起的架子上。

穿上衣服后，我要他别走，他不听我的。他在这条河上渡了几十年（看看那艘牛皮船吧），今天第一次落水……他不信我们能拉起索子……即使拉了起来，他也还是走河。他走惯了河，巴在吊索上一拱一拱的，他不会也不想学……

他做了个手势，表示佛会保佑他的。

我只能由他。真不该由他……

要不,他不至于全身尽力地一扑,掉入水中……不至于又是一扑,又是一扑……又是一扑……他始终没抓住石头。我看见他碰着了,但石头太大也太滑。我以为会有一缕暗红从水底升起,化开,消散……始终没有……藏袍的一角突然浮起,又像鱼一样下潜,不见了……

我也始终没看见牛皮船。我记不清自己喊了没喊……我觉得冷,很冷很冷……

对岸似乎有人影一闪……

事后我才知道,那是苏富贵,那个娶了藏族女子的苏富贵……他跳下河去,因他看见了随波漂荡的藏袍……

我陪她上了次康定。 她想看看跑马山,歌中的山。

康定城被折多河分成两半,水急急的,从折多山流下。路面平整,比丹巴、泸定都像回事。 新建了不少楼房。 老街的像牌坊架势的房子,虽然旧了,还挺结实的。 这儿是地震带,能震得房子嘎嘎响,震得掉瓦,但它不倒。

当年,这里有山西人开的药材铺,经营麝香、虫草、天麻、黄连、羌活。 有供应糌粑和米饭的小食店。 街上能买到羊皮、土布、胶鞋、毛巾之类的,还有从印度驮来的卡其、毛哔叽。 西药也是印度过来的,阿斯匹林用两层金纸压紧,一百片一大张。 到了10月底,牦牛肉上市了,便宜得很。 最便宜的是手表,五十元钱摸一次(做这种生意的多是藏民),摸到什么是什么。 有心计的摸着表壳的厚薄,厚的是"空中霸王",薄的是"奥米伽",到二郎山,"奥米伽"能卖一百八……

在丹巴之上的革什渣河,我曾见到红军时代残存的红色口号……

我沿街闲逛。 她买了几对月饼。 今日中秋。 她说,她也想家。

她和我说着上海。 说到作家,说文艺。 我只听说过话剧《于无声处》。 我不是文艺爱好者,更不是"文学青年",我请她原谅。

我朝上察看了好一会儿,选好将走的路。篝火熄了。我抓着树枝和草棵往上爬,我得往下游走几百米。

我走到他们对河。

接连扔了三次,拴着石片的绳头都掉进河里。换上检尺员吴木桑,他扔得有劲,把绳子扔上了树梢……就学学猴子吧。我上树,惊走了一只喜鹊。

我非常小心地拉着……鱼线拉完,抓到指头粗的麻绳……元丝……最后拖过一根多股元丝,很沉。他们给我一个手势,吴木桑的手在脸上抹着,自上而下地抹(是说死了人)……我用手势问,是不是老藏民,他说不是。他以下的手势我就看不懂了,从没有过约定。

元丝固定在树干上,检查了又检查,行了。

我顺索道向对岸爬去,手脚并用地爬。爬累了,挂在元丝上歇一下，像在杂耍。既然爬了，只能爬到底，手脚松不得。人从树上下来，已有几百万年没这样爬了，非常费劲。退化也不容易。

我仰面朝天，天上是明晃晃的太阳……眯起眼睛吧……什么都不用想。照顾好自己的手脚，照顾好每次移动和僵持……再过去是个向上的弧，忍着点，就到了……

吴木桑扶我下索道。他告诉我，苏富贵……在水里翻个滚就不见了，前后不到两秒……

去下游寻找的人第三天才回来，空着手回来。

我集合全队（就在这大渡河边），我指着河发狠。

"我现在说了，你们，谁也不准下水！任何人，任何时间，任何情况都不准下水！谁下水，我开除谁，没面子可讲……不准钓鱼，不准洗澡，不准浮水，脚也不准下河洗。用水，到沟里去打。"

没有人反对。

"有人落水，岸上的敢看就看着他，冲到岸边了赶紧拉一把，不敢看的转过头去。谁落水都一样，王海来了也这样。会水的人，把那两下子忘了吧，忘得干干净净……这不是救人的地方，只能听天由命……我们再也死不起了。你们都有父母，你们都有家小，我要你们千万别下水，我要你们听我的，我是你们的家长……"

在洪水线之上，我们给苏富贵立了个衣冠冢。没给老藏民修,他们有水葬的习惯。

苏富贵的儿子是五月里生下来的。

她要我去二道桥洗着温泉等她。 我还是上了山,我想上去。

其实,我从没上过跑马山,就像我没上过峨眉。 爬山爬够了,不在乎那些名堂。

她喘得很轻。 在路边随手摘着浆果,她边叫酸边吃。我从她手上拿了一颗,含着,不嚼。 她对路边刻着经文的石板极有兴趣。 她说,真想搬一块回去。 我让她捡张纸,纸上也有经文。 她指着纸上的九个方块,说像魔方的排列。我看后说不像,魔方的方块没画成两个全等三角形,魔方上也没字。 她要我别挑剔,她说譬喻总是蹩脚的。 她说这话是哪个大人物说的。 我管他!

脚上的新鞋硌脚,我忍着。

她发现了远方的雪山……

在山顶,她只发现一些羊粪,她以为还没到顶(“这么快?”),她不信我说的,去问盖房的工人。 从工人那儿回来,她一连声说着“想不到”。 我让她别这样,这山虽不能跑马,还是可以看看的。 跑马山是情人的山,应当四月初八来。 转山会……

远远近近的藏人如期而至,百货公司也搬上山来,一座山的热闹……三块石头支起了锅,架上柴,先倒酥油,再倒青稞酒……然后，唱起来吧，跳起来吧……一人一根麦秆，插入锅里吸着，乘着酒兴跳起锅庄……跳出九十九种花样……

露宿……跳成双跳成对的藏族男女，各到各的地方，草丛里树丛里，谈天说地……席地而卧，力竭而眠……

她说明年再来。

工人说，山上要建公园，甘孜州的第一个公园。

饭后真的去了温泉。 她只在浴池门口站了一分钟就说受不了，她用手捞了点水试试。 她说她等我们。

池水四十度，不怎么热。 这池能供六个人洗。 我没待久，我也闻不惯这浓浓的硫磺味。 小张却自得其乐，每次走过康定，他都要洗一遍，虽然他的皮肤根本没病。

她在车上，记着她那穷无尽的"印象"。

我看着周围的山头，再也找不出当年走过的小路。 那次溃不成军的旅程……

只有火雷管。

河道并不好炸。当然，炸岸边的乱石并不很难（即使它是特坚石），打上朝天眼或斜插眼，就等着点火放炮。石头大了就用"烂心爆破法"，先用黑药将炮眼炸大，再用黄药炸大炮。钢钎加热后把钎头在石上镦粗，这样打出的炮眼装药多……炸了再炸，一直炸到石头没入水中。

坏事的是河心石。

金兴隆放过一炮,把自己放进了大渡河。

从吊索上爬过去,爬到石头上方,用绳子把自己绑上,拴住元丝往下吊……和炸驿道一样,要开脚步,石上很滑……

那块石头有上千立方。

上去四个。这石不是一炮就能打烂的。他们吃饭也没上来,不停地打着炮眼……那是次坚石,比普坚石硬些……一直打到黄昏。他们都从朝鲜回来,他们都不超过二十三岁。

装填的是黄药(即 TNT),工序不多。用木棍捣紧,装上雷管,封口,留出七八十厘米的导火索,留一个人点火。点完火,他顺吊索爬回岸上……就怕不炸。哑炮不是好东西,没人知道它是否会响。我去排过几次,每次手心都要出汗。

他们在装药,装得很急。天快黑了。我站在岸边……

金兴隆在找什么……坏了,他举起钢钎捣药。这不合规程,钢钎可能撞出火星……我又招手又叫,他们不朝我看,没用……

眼前一闪……河水高高涌起……声浪……碎石……

我呆立岸边……

(每次事故的到来总是出其不意,它连预感都不给。它说到就到,强迫你咽下去,就是个雷管你也得咽下去。人们可以习惯任何事情,但永远不会习惯事故的来临。

第十次听到事故和第一次听到是一样的。在泸定,我天天担惊受怕。这个主任不是人当的!)

烟散了……

炸成了"开花馒头",炸得不合要求,半边石头倾斜了,大半没入水中……可是,元丝吊索炸断了。

石上只剩两个人,金兴隆和王长生不见了……剩下的两个活着,朝我们伸着手……不用望远镜就能看见石上的血,暮色中,它似乎是灰色的……

我通过大大简化的手势知道,高武光的腿断了,告诉我的是余善堂,他的两条胳膊还能抬举,但直不起身子……我们没法上去。吊索断了……再也找不到牛皮船了,即使找到,黑夜也渡不了河。

医生周惟汉站在岸上,一遍遍地做着手势,告诉他俩该怎么包扎……生起了篝火,周惟汉站到红红的火光里……天黑,看不清他俩做了没有,于是一遍又一遍地做着手势……

火旺旺的,在风中晃动的火头,舔着夜晚阴冷的空气……它整夜不熄,照着周惟汉的身影……

我们守着火堆,不断加柴。没有这堆火,他们会坚持不到天亮……石上的朦朦胧胧的影子,偶尔会稍稍动弹一下……它在说,他们活着。

我们沿瓦斯沟回泸定。 四川多山多水,两山之间必有河沟，水势必不平缓，利用起来，能发许多电。

瓦斯沟的水白白嫩嫩……

叫它"沟"是委屈了它。一些地方叫"溪"，叫"涧"，那要动听得多。杭州有"九溪十八涧"，名胜，比起这里的水差得老远！我爱野景。

我把这意思对她说了。

她点着头。她对车窗外显然比对我更有兴趣。她连皮啃着苹果，边啃边张望。这样吃糟蹋了。小金的五星苹果，切开后中间真有个五星（有人说，这是红军来后才有的）。

——这条公路能通西藏？

拐上康藏路后，她把头靠上车座后背。柏油路面，小张立刻加快车速。她称之为"亲爱的柏油"。

——康藏公路，现在叫川藏。西康省撤销了。

——干吗撤销？

——不清楚。你得问国务院。

——你看，高岸材！没人拉盗吗？

——有。现在好些了。

她已经懂了不少。她能毫不困难地使用我们的术语。她把"材积""漂木强度""收漂"等词挂在嘴边，就像老是唱着的《康定情歌》。她对森林与河流怀有善意，对大山与鸟兽怀有善意，对沿河的工人怀有善意。她也是人，她干的不是无动于衷的工作。

前面一队军车，小张想超而超不上去……

出来一个多月了，我有点想家……

家在大佛背后的乌尤坝上……每天，许多游人在那儿下船，去乌尤寺，出乌尤寺走小路到凌云寺，瞻仰那尊天下第一的坐佛。刘晓庆到过这里，拍了个有人说好有人说坏的电影。眼下，人们在看她的《火烧圆明园》，看《垂帘听政》。

也许大佛也会衰老……小草爬上它的身躯，爬上它的头颅。那七层十三重檐的大像阁毁了（毁于元末）……大佛慢慢地衰老着，唯慈容不减……

河，渐渐亮了……

我想游过去，把交通绳拴到巨石上。只带一壶酒，在腰上拴着绳头。我脱着衣服，他们不让，说我不等游到石头上准会冻住，冻得连拉都拉不回来。岂有此理。

"你说过，任何人不准下水，见死也不救……"

"什么话！我没说过。"

"是说了。"

"我是主任，我例外。"我嘱咐吴木桑，"我要是回不来，这主任白送给你，你向王海汇报。"

我穿着裤头下水。原本什么都不必穿（这儿没有女人），但我想到飘飘然地浮起来，万一在二十四小时后浮出水面，怪臊人的。

水冷得叫人感觉不到它的冷,趁着还能动,我拼命地腿蹬手划,手脚像四支桨,木木的。

天刚放亮,太阳躲在山后……

虽是枯水期,但剩下的水依然不驯……我被冲向开了花的巨石,我伸出手,但没抓住什么……石头后的水是最要命的……我无可奈何地吞着冰凉的河水,吞着,把河吞干才好……

腰后的绳子挂住了石头,人猛地下沉……解开绳头,解开才能透气……解开也就完了,他们和我都完蛋。

就是死了也要镇定……

我倒抓住绳索,把自己一把把地从水中拔起……好鲜的空气啊!

我往石头上爬。放炮后的裂口非常尖利……血淋淋的……中间摔倒过一次……趁还有气力,我得把绳子拴住钢钎。没有钢钎……我退到石后,抱住石头,做了个手势,可以了……吴木桑从绳上过来……

他俩早已昏了过去。我是第三个。

她撇下吉普,爬上了卡车。 我们去鸳鸯坝,去那儿操漂。

她在上橡皮船前换上了草鞋,头上顶着藤帽。 她没穿过救生衣,就胸前一块背后一块地搭着,请小张帮忙。 小张稍稍用力,她就说憋气。 救生衣不分男女。

她在丹巴就想坐橡皮船，吵得很凶。 我寸步不让。 作为补偿，说好在这儿坐一回。 确实有落水的可能，我很怕出错。 她是客人。 考核橡皮船驾长时的项目之一，就是翻船落水后把船扳正，人再跳上去。 事实上，在大渡河上游的急水里翻了船，没人还能跳上船去，即使浪里白条张顺也不行。

橡皮船两艘一组，绑在一起。 六个桨手将她和我围在中间……手抓紧，脚插进船沿，膝盖顶住……开船了，驾长是位七级师傅。 下游有两艘单艇在等着接应，单艇灵活。

水开始凶了，波浪起伏，打湿了裤子。 驾长见过大阵势，他叫着口令，桨手一齐动作……很像《黄河船夫曲》的气势……她在东张西望。 我们被急流带着，驾长叫停……快进漩涡时，他的口令一声接着一声，声嘶力竭。 看不出进退，船胶住了……它顶住漩水，挪动，再挪动……双艇驶入平静的长达两百米的回水区……

河滩极细的白沙……

两百多件单漂在这儿画圈，它进了回水区就再也出不去了，在这两百米里悠悠地打转。 上面的那个岩嘴上该挂个漂子或立一排杩槎，挡住单漂，不让它流入回水。

今天干不完。

我脱掉长裤，走进水里。 大渡河水一年四季都是凉的。上身下身两个季节……好久没操漂……我们沿河排成一行，用啄杆和鸭脚（也叫操杆）钩住漂木，接力将它送往下游，一直送出回水。 以后，它自己会走，直到又被挡住……

她取了根啄杆，也下水来了。 她把裤腿高高卷起。 队长劝她上岸，她说她能下水。 她说真该带条裙子来。 她认真听着队长教她的"三不准"：操杆不准对头，不准对胸，不准对下身。 她说记住了。 她的记性不坏。

休息时，工人去摘来"仙桃"（仙人掌的果实），用石头在河边围个堰，将它放入。 河水冲走了"仙桃"外扎手的毛毛，剥开厚厚的绿色外皮，里面的瓤甜极了。 她吃了又吃，连声叫好。

她发现了几百米外的溜索。 要是我叫得慢点，她已经爬上去了。 我也上了木架。 她说在电影中见识过怎么爬，手脚并用，身体像袋子一样悬在索子上，非常非常地有色彩……

我抓过她的胳膊，上下捏着。 她不解地看着我，但没抽回。

——不行，你最多爬三分之一，爬四十米。 爬出去你就别想再爬回来，回来得朝上爬，更累。 况且，这吊索不是为爬而设计的，过河有过河的工具。

她看着这由高压电缆构成的美丽的抛物线（它有两条，供来回之用）。

——你的肌肉太少，太软。 我也不行。 过去是过去，现在不行了。 不行就是不行。

——你让我试试……

——用不着试。 救生衣帮不了你的忙，我和他们谁都帮不了你。 下去就是二十几米，这不是跳水池，高台跳水也只有十米。

她似信非信。

我向她解释，靠溜索过河的藏民，他们备有工具，我们叫它"溜壳子"。 两块铁板夹着一个滚珠轴承，往溜索上一挂，拧上螺栓，两腿分别伸进绳圈……绳子断了就好看了。1962 年，马工程师就死在这种溜索上。

走来一个藏民，他上了木架，我们帮他卸下背篓，满满一篓苹果。

她和那藏民热烈地交谈着，藏民有为难之色……她叫我拿烟招待他。 藏民终于被说服了，交出"溜壳子"，不过他声明，出了事他负责不起。

——不要你负责，没事！

她高兴了，要我教她。 我细细地检查了一遍牛皮绳，又拉了拉，没发现裂痕。

——好吧，我和你一块儿过去，要完蛋一起完蛋。

——不要。

可以双人过河，当年我试过。 那时的"溜壳子"由青冈木挖成。 在岸上看她过河，倒不如和她一起过去，心理负担要小些。 我坚持着。

——我不要你去……你是男的，我不想和你绑在一块儿。

那好。 那就没什么可说了。

她脚一松，带着钢缆尖厉的呼啸悬空而去，滑行很快，她的衬衫尽力朝后扬起……近岸，停了，她腾出右手，抓住钢缆把自己拽上去。 解开……下到河边，她无师自通地把"溜壳子"放进水中浸了浸（冷却），然后爬上另一个木架，那是往回的，溜索右高左低。

这一次，她在空中甚至招了招手……

我给她照下了。

严格地说，周惟汉其实不是医生，他只在药房干过半年。当然，进山前培训过三个月，仅此而已。

……好不容易将我们弄到岸上。我躺在火边，被灌了几口白酒，醒了。他俩没醒。

他俩被抬往泸定，由泸定转送雅安。周惟汉跟着……路当然不好走，十多人轮流抬着土担架，穿山越岭……路上，余善堂死了。

没人提出过把他丢下。还是抬着。费力地爬过山，涉过水，钻过荆棘，一直没把他丢下。

从泸定回来的路上，周惟汉中了飞石。他滚到崖下的河边……他呛水后昏迷了。本来，他不该死的，要是别人受这伤，那一定不死。他们连三个月都没学过……

他们正在起豆芽。

她走过去。 他们三个。 他们头都不抬。

她也坐下……学着拨开白沙，抓住一握，轻轻地拔起（别断了），抖去沙粒……这真是宝地，埋下黄豆，不用浇水不用照看，十天准成豆芽。

她撇开他，和她们说话。

哥哥二十三，妹妹二十，妹妹十八。 二十岁的姑娘说，兄妹十二个，哥哥是老大，家中有爸爸还有妈妈。 妈妈不下地，她做饭洗衣，给弟弟喂奶……他说，爸爸妈妈不容易……现在不让生那么多了，他说，今年开始，只准生三个，还是照顾"民族"……

——你们是藏族？

——哦呀。

——都没结婚？

——哦呀。

她说自己从上海来，坐飞机来的。 他们知道飞机。

——比成都还远吗？

——哦呀（她也会了）。 在东边，大海边，离成都两千三百公里……会不会跳锅庄？

她问那个大的姑娘。 她穿着汉装，衬衫是半透明的尼龙丝，能看见只穿衬衫。 她长得结实匀称。

——跳个锅庄吧！

这两百斤豆芽，下午得交。 他们答应干完就跳。 豆芽两毛钱一斤，卖给水运处。 豆子是买来的，挣不到多少钱，他说。 一家的收入一年不到两千。

我走过去时，他正拿着苹果与核桃，请她，也请我。 我谢过就吃着。 我要她也吃，吃了他们才高兴。 他们真诚好客。

那姑娘说她不喜欢城市，她说到过乐山，"不好耍"……她伸直腰，柔媚地看了看对岸的孔明山。

山。 无穷无尽的被水分割了的山。 她的山。

　　雇来的牦牛运输队再也不肯干了。他们被豹子袭击了一回，损失惨重……于是，粮食只能靠人背来，施工器材也靠人背。一次，我们居然吃到了油，它和盐一起运来。

久违了！

我们把两片嘴唇吃得打滑，香极了！运油来的三个伕子没吃。他们挺懂事，说要吃山外去吃。

该上工时，有几个蹲着不肯起身。我不信他们的鬼话，什么"好久没吃油了，一吃就拉"。我不信。我命令他们站起来。

"实在起不来呀！"他们一个个愁眉苦脸。

说话间，我也蹲下了……全队一百多人统统蹲下了。河滩上，蹲成一片……

那三个伕子想笑又不敢笑，脸色尴尬。我断定有鬼，我要他们招出来，否则一人一顿毒打（其实，没一个人站得起来，更别提打人了）。

他们招了。这油,他们曾在路上偷吃,吃了也拉稀;背到这儿,他们只敢不吃,不敢招供。我们围着油桶分析了半天,结论只能是桐油,康定转运站发错了。

人人都躺倒了。

我支撑着起来。我吃得不少,所以拉得很勤。现在,该为这张嘴难为腿了。我拄着拐上山,把扣下的三个伕子也带上。我认识几种草药。我指着,他们采。我们采得很多,还差点采到一头豹子。

豹子抬了抬右前肢,又像敬礼,又像抗议……然后放下,不动。

我们也不动,坐下,把背篓放在身前(这样,心理上就多了一层安全感)……豹子嗅了嗅,不知讨厌草药味还是拉的稀,竟苦着脸走了。

它的毛皮异样地漂亮。

在爬二郎山之前,她哼了两遍"二呀么二郎山"。 几十年前的老歌,我也会唱,那时人人会唱,歌真厉害。 我们只上到山腰就下来了。 小张说,冬天的二郎山顶容易翻车。

还是往南,经石棉到汉源,一百七十公里。 汉源县城不小(越到下河,镇越大),建在富林镇上,记得海拔只有七百八十二米。

翻过泥巴山,

来到汉源县，

白天无水，晚上无电，

广播站，两个蛋。

小张唱的是民谣，十年前传诵一时。它嘲笑广播员，说他把"广播站"念得像"两个蛋"，把"报节目"说成"抱鸡母"。它不胫而走……小张高兴了，兴高采烈地指手画脚，说到最兴奋的时候猛然一个急刹车——不刹就撞上了。

他像他父亲。

他父亲曾被我狠狠打过。

那年，张德有发了昏，在泸定茶馆赌钱，手气不好，输光了，急了，端起板凳砸人，砸得人尺骨骨折。派出所抓了他……我去要人，他们不放。我非要。我把所长找到，软缠硬磨到半夜，总算把人领回。当时，抓去是要判刑的，判了刑，也就不会有什么小张了，他老母也完了。

我把他领回水运处，把他们统统叫起来……

——该不该打？

——该打！

他自己也说该打。

我叫他睡到地铺上，扒下裤子（我从旧戏里看到过打板子）。我亲自动手，打得他睡了三天，疼了十天……事后，他向我道谢，他说再不赌了。果然没赌。

大冲。路边堆着采下的红色花岗石。这里猪圈和屋子都用碎花岗石垒成。 它是宝贝。 1976 年曾突击开采，运往北京造纪念堂。

路边许多矿洞，几乎洞洞相连。 这里有丰富的菱镁矿。 洞口整整齐齐地堆着矿石，社队企业的拖拉机任劳任怨地装运着。 卖矿石能发财。

河谷越走越宽，河中沙洲越来越多，越来越大，不少漂木搁在洲上、岸边……水势渐缓，于是拉盗渐多，一年能拉走几万十几万立方米原木……这里没有树林……近一两年好多了，《人民日报》点名比什么都强。

越走越热……天也宽了……

我们下车，隔河远眺对岸的安顺场。 她取出儿童望远镜……依然没有看清。 那儿新建了纪念碑。 这是值得纪念的。

我一路指给她各种岩石：页岩、砂岩风化土、石灰岩风化土、白鳝土、紫砂土、黏性红壤、缺磷黄壤……非常复杂。 李四光到过这里，干脆统称"富林杂岩"。

使她最感兴趣的是流沙河（古名汉水）。 这河十分不像话，全长七十一公里，最高洪峰（我也翻了下本子）1020 立方米/秒，最枯流量才 1 立方米/秒。 活见鬼。 在宽阔的乱石河床上，它通常只走极窄的一道。

这里出产贝母、虫草、天麻、黄芪、黄连、半夏、茯苓、大黄、当归、牛膝。 每年出产一百八十万斤花椒，清溪的清椒本是贡椒，专麻皇帝老儿。

大渡河，聚宝的河⋯⋯

赵子军很不安分。踏勘完毕后，我把他要来了。

我明令禁止钓鱼。除了怕人落水，还因照顾民族感情。和鹰、鸦一样，鱼也是原住民的神物。和死有关的都是神物。

赵子军总能钓上鱼来，用非常简陋的渔具钓得多多的鱼。大渡河里的鱼有勇无谋。晚上，他将渔线甩进河，就在一旁唱着川戏等着（这里的鱼都是聋子）。钓完后，扔在草丛里，回帐篷给伙伴一个暗号，一起溜上山去煮⋯⋯队里人人吃过他的鱼。他曾想拉我入伙，后来看看我的模样，不像个有福吃鱼的人，就死了这份心。他没看出，我实在咽过好几回口水。

他们结伙瞒我。

他的末日到了。

上钩了⋯⋯他没拉动渔线，于是吝啬地放线，一直放到无可再放。这不是大海，渔线会在石头上磨断的⋯⋯他极有分寸地收着，鱼也在收，谁都不肯低头⋯⋯鱼胜利了，终于把他收到河里。他被鱼钓去了⋯⋯

那是一条非常出色的一米长的鱼。

等不及而跑来吃鱼的伙伴只看到石头上他几乎时刻不离口的铜烟嘴，看到帽子和布鞋，还有一把用来收拾鱼的钢刀。

他被鱼收拾了。

我们给他刨了个坑,刨在河边,让他能终日闻得见鱼腥……没有遗体。葬入棉衣、布鞋、布帽……吃过他鱼的和没吃过的人都为他哀伤。他像鱼一样可亲。

第二天半夜,他掀开帐篷的门,走了进来,带进一股阴风……庄连生醒了,以为见了冤魂,忙扔过烟去。他俩是朋友。他知道他烟瘾大,做了落水鬼没烟抽,所以找上门来……

他果然赶紧抽烟,抽得有滋有味,动作和生前一样。

"我没死……"他开口说话了。

他说自己并没死,滚了两公里滩,被水送上岸来(也许是那条大鱼送回来的,大鱼不像他那么嘴馋)……醒来后,他走回来了,边走边吐水,吐到这儿,肚子小多了……他说,他饿得不行,他反反复复地说着,他饿,想弄点吃的,一个灰面馍馍也行。他没死,他说,死了怎么还饿?

在这里,要人相信死太容易了,但没人相信他是活的(他们打着火把找了他一宿)。大家把头缩到被子里。

他终于倒在地上。

他们一一爬起来,点上油灯,战战兢兢地围着他。等我跟着报信的庄连生赶来,他又还魂了……这次,他们相信他的确活了,因为是他们七手八脚救活的。救了以后活过来才显得可信。

他睡了两天……第三天,他去给自己上坟,坟上已有了最初的青色……他用钢钎捣着坟，想把它毁了。没捣几下，他突然住了手，像是刨错了坟似的，又把它堆上了。

以后，他每年清明都给自己上坟，好像那里真的埋了什么……

到汉源的第二天，我们去安顺场。

有专线公路……街上一个个石砌的花坛，小小的一块块。菊花开了，菊花长得比人还高。

从拆房的尘雾中走出，一个小娃儿领我们走进一大间木板房。那是纪念馆。整洁、明亮、朴素。

我到过这里，到过多次。

只有我们三个。

她低下身子，仔细地看着那两挺重机枪，多沉啊……塑料纸蒙着它。擦得一尘不染……她蹲下，用手去摸了摸。

——不能碰！

坐在一边等我们的小娃儿叫了。她朝他笑了笑，接着又去抚摸，直到小娃儿插到她和重机枪的中间（他穿着开裆裤），她才不得不住手。她没有辩解，还蹲着。

——"猓猓"是什么？

——彝人，以前称作"猓猓"，蔑称。猓是古书上说的猿猴。过去，有时也写作"夷人"，你看那张翻拍的照片……

见她又掏出笔记本，我不说了。

后来，她对我说，真该带上微型录音机，免得惹我讨厌……可是，我会喜欢录音机吗？ 见鬼！

河边……

我们走到画报上经常看到的那座雕塑前。 塑得很好。大块的花岗石组合成一个红军战士的头像……白色的栏杆围着一片精心养护的花草。 我坐在洁白的长椅上……

战士的脸朝着泸定方向。

这是转折。 安顺场的船和泸定的桥……红军抓住了。红军得救了……极细的一线生机，转瞬即逝的生机，飘荡着。 这便是历史。

石达开没有抓住……

石达开不是红军。

她对着河念着她的本本：

"同治二年四月四日时值雪山融雪之际一夜风雨河水陡高丈余骤不可渡夷兵焚掠夜袭军粮渐缺翼王领军二万扎筏扑河每筏数十人以挡牌蔽身皆被发衔刀挺矛直立众筏奋进多随惊湍飘殁终不能渡……"

——石达开是谁？

——太平军将领。

小张没听说过太平军，只知道有个太平天国，"长毛"。他对石达开有了兴趣。 我告诉他，渡河失败后的第十九天，石达开以箭书致唐友耕，声言"死若可安将全军，何惜一死"。四月二十七日，他与幼子石定忠被俘。五月解往成都，奉清廷密旨，六月二十二日被凌迟……

——他的部下呢？

五月四日，富林清军渡河包围大树堡，太平军两千二百名将士被集体屠杀……七十二年后，1935 年 5 月 22 日，中国工农红军在大树堡佯攻富林，做渡河动作，以掩护对安顺场的突袭……

——到底土八路厉害！

我对他摇了摇头。

炮声……炮声……炮声……

我们炸到第二年春天。炸也炸出一条河来！炸也炸出一条路！

在最险的地段，岩壁负 15°～20°，没法放炮。我们用了祖宗传下来的办法，《三国演义》里的办法，修起了栈道。

几乎通了……

王海来信，最迟 5 月底（1957 年 5 月），路通，河通。他在信上还写了四个字：人命关天。

下游的收漂工程在紧张施工。单漂下来了，要是收不住，那上上下下的努力全部白费。

带信来的通信员还去丹巴。王海将许元元撤了职，因他对大渡河夸大的形容，几乎干扰了上级的决心，还因他清河不力(这是附带原因)。他被调回局里,听候分配。

我有点兔死狐悲。

他经过泸定时,我留他喝了一顿酒。他没抱怨,只说要是古全良不死就好了……

我托他带个口信给王海,路通后,请他来走一遍。

在我们修成的这条路上,曾经走着几千人……

大兵团流送。大赶羊。

他们在修通的驿道上走着,整个大水局都在走着,倾巢而动……鸭脚上挂着干粮、背包,从可尔因走到峨边,从头年五六月走到来年二三月……单漂搁到哪里,人操到哪里……操杆入水,立刻冻了一层冰,一二斤重的石头冻在草窝子(草鞋)上。

山高水长……

入夜,河滩一串篝火,绵延数十里……寻问和应答声响遍大渡河。也许找不到自己的大队,也许吃不上热饭,也许连冻馍都啃光了……睡河滩,穿草鞋,卷起裤腿跨入冰冷的河水,为漂木送行一千多里……

它走不多远就站下了,被乱石挡住或爬上滩来。一根单漂得操几十次,百多次……长得怪模怪样的那些,一看就认识了,老相识。最坏的是码起中垛,码在河心。得驾船靠上去,爬上垛子将它拆了。拆垛十分危险。

那次的拦河大垛堆惨了。垛高十二米,绵延八公里,七万米材,拼成一条木河……上去四个人,全局最好的工人。上垛子前他们写了"生死文书",万一回不来,只请求政府抚养他们的妻小老母……他们看了又看,终于动手了。他们撬开一根关键的,其余的开始松动,一层层一堆堆地塌陷入水。整条木河扭动着……

跑出来三个人,剩下的那一个被滚动的木头绊倒,入水,撞击……和单漂一起下去了。

没有打捞起遗体。

他或许漂出了东海。

上午,我们到任家河心。 那里,"红鸡公"(拖拉机)在操漂。(上游还是靠人,但"大赶羊"已成了历史,取代它的是"定点流送",工人们分兵把守,巡回"扫荡"。 流送工人总算有家了。)

河心的沙洲上,搁着一万多件单漂,水缓了,河床又宽又浅,稍有阻碍漂木就停下了。 也因水缓,我们坐木船上沙洲。

几名工人为她拆着边垛(岸边的垛子)。 附近没有中垛,就在旱垛上表演了一番。 他们脚步明快。 她把"踩高不踩低,踩大不踩小,踩中间不踩两头"记了下来。

他们对她说:拆垛子恼火!

晚上,我和他们玩着纸牌。 八十张一副,我们"林家铺子"独有的。 谁输谁就蹲着。 牌桌上没什么科长或主任，谁输都一样。 一只巴底的绿鹦鹉瞅着我们。

他们三个再过两三年就退休了，回到老家，终于和老婆团聚，把儿子或女儿送来顶替。 儿女们再也不必徒步翻那雪山，再也不会断粮饿饭……但是同样也有抱怨，抱怨收不到清晰的电视图像，抱怨看不到漂亮的女娃儿，抱怨蔬菜，抱怨天气……

人到哪一步都有抱怨。

他们心满意足地握着牌。

临睡前，我去看了她一下。 她在记着"印象"。 她每晚都记，记到十一二点，然后写信。 写得最多的是明信片。可笑的是，这么多天她没收到过一封信，信都在乐山等她。

她递给我三本杂志，说是在这儿的图书馆借的，上面有她的小说。 我答应看完后和她说说。

我想走，她把我叫住，翻开小本本读了两页。 这些事她没问过我，今天向我核实。 她真能"外调"！

——……1949 年 6 月毕业于育才高级职业学校的水利科，毕业后失业，闲散了半年……

不是闲散。 我更正她的记录，是在老家川北盐亭教了半年小学。

——半年小学……然后，1949 年 10 月四川解放，11月，共产党让你进南充地委党校学习，学的是征粮、减退和土改，一学半年……1951 年，你在武胜县当上区长。 土豪修起了寨子顽抗……

我运气不错，不费什么力就把寨子攻破（靠两个内线），缴获四十三支枪，起出二十几挑银圆，一挑首饰。

——你被评为川北甲等劳模，你为此高兴。 1953 年开始的第一个五年计划，将你作为技术干部归队，你到了西南森林工业管理局。 它的管区由云贵川三省组成，它是现在的四川林业厅的前身……

——不错。 你想说明什么？

——你被派到川南，直到跟随王海来大渡河。 1956 年 5 月，你奉王海之命，开始踏勘大渡河……

——以后，你都知道了。

——不。 修通大渡河后，你当了"右派"。 王海不但没保住你，他也险些完蛋。 最后，是他的老首长说了话……为此，你四十三岁才结婚……

说实话，我并不懂什么叫"右派"，我在山里打了半年石头，打得焦头烂额……

是了就是是了。

我找到王海。

他要我坐下，给我喝水，给我抽烟。他客气得不对头。

他等我抽完烟，对我说：

"晚上，上我家来，我包饺子请你。这辈子，我只给首长包过饺子。你给我做牛马，我把你当首长……"

我们下车，走进沙湾镇。 很挤很挤。 虽有小雨。

我们上"郭沫若故居"。

三十六间房，九百八十六平方米……贞德之门……花园。 绥山和绥山馆……她在安娜的照片前站了好一会儿。 她问我看没看过郭沫若的《黑猫》。 她说，她能背出《女神》中的大部分诗……

盖这些房子，得砍尽一面坡的树。 我走近，从木纹辨认树种。

她看得很细。 他是文豪，他的笔将沙湾远近一网打尽，他的笔名取自镇前的沫水与若水……

到"515工程"时，雨大了。 它又称"龚嘴电站"，是大渡河上唯一的一座电站。 正在搞基建的"514工程"造在铜街子。 计划修建十七座电站，大渡河是一条充满电力的河。

它有七台机组，装机七十万千瓦，投资五亿。 坝前的库区水深七十多米……我向她介绍着。 库区已积了一万多米单漂，正在下泄。

单漂涌进泄洪闸，一个跟斗掉了七十米……

——过一次坝，损失5%，打烂了。

——没别的办法?

我给她指出坝后的漂木道，设计时就留了，但实际上没用。 设计大坝的总工爱莫能助，说就是枪毙他也只能这样了，他说，国际上也没好办法。

木头一个猛子扎下去，潜泳几十米后钻出水面。 非常壮观，可悲的壮观……

——闸得开多久？

——一个多小时。

陪同我们的杨工程师说，今年7月22日，上游起了大洪水。 三万多米木头在坝前起了垛子，大大高于库区水位警戒线，一部分漂木翻过坝去……拆垛。 拆了三天两夜……

拖船吐着黑烟，拖着一千多米的袋形排……很大很不规则的一圈，勉强跟着拖船移动。 它们被拖去起岸。

——单漂过峨边就算进入库区，峨边以上算半成品。 峨边以下陆续收漂，靠你看到过的顺河埂、横河埂、羊圈。 收住后，或者起岸，或者扎排。 按规定，最远到宜宾得收干净……

——有漏网的吗？

——每年总有几万件被洪水冲下去，漂到重庆、武汉甚至南京、上海。 漂出东海。 要和长江局交涉，只能收回70%。 我们的工人曾经坐船到洞庭湖去操漂……

她表示难以置信。

我们在岱湾处没停多久。 它建在河对岸，书记陪我们看了起岸装车的工序。 成昆铁路在这里甩出了专用线。 这个处投资两千六百万，年运材量可达四十万米。

自动出货机……运木渠……楞场（堆得一头齐）……啄杆的功用，吊车，自制的虎尾锯……《装车安全守则》，被啄杆狠狠打破。"检举者奖励六元。 损坏者罚款十三元"……

成昆线上有火车驶过……车头进了隧洞，车尾还在桥上，沟通两个隧洞的旱桥……这条线不是好修的。

最后一炮的烟雾消散了（象征性的一炮，扫地炮）……路通了！

尽管它高不过二米二，宽不过一米五，到底是千万年来贯通全河的第一条路……工人沿着它操漂，"操光操净，一根不剩"……我们走下驿道，拆去边垛、中垛……马和牦牛背来粮食、腊肉和烟酒……

真的，我们的确很蠢，蠢到白白丢了性命。我们有点盲动。我们自以为命硬。我们中的大多数人前一天还没听说过清河、流送……我们衣衫褴褛，蓬头垢面，形容枯槁，死伤惨重。很差的工具，很少的给养，干得很累很笨……但是，大渡河就是我们啃下的。我们啃得很苦，啃得满嘴流血，可是赢的毕竟是我们，我们这群又脏又黑比土人还土的工人。我们尽管伤了，死了，我们还是赢了，漂漂亮亮地赢了！

王海带着汪云易来了，带来犒劳工人的烟酒。我把

苏富贵的女人也请来,她抱着苏富贵的儿子……在一片
欢声中,居然塌方了。幸未伤人……

　　1957年5月29日23点26分始,单漂通过泸定落鹰
陀……一路无阻……6月3日17点16分,到达乐山……

上车, 过河, 走二十分钟泥路……

我们在福录上了木排, 人工排。 长三十米, 宽七米, 上
下两层, 排头排尾各有一支长长的舵。

她上排时用手帮了下忙, 招来扎排女娃子的笑。 善意的
嗤笑……她想搀我, 我摆摆手, 跳上排。

河上轻轻的雨雾……

到乐山有七十公里水路, 需三个小时。 排走得很稳。
驾长掌着前艄, 他不愿披雨衣。 他说, 到宜宾得走两天, 在
那里扎起大排, 用船拖进长江, 远航武汉、南京、上海。

洁白的好动的鹅……

沙洲上的甘蔗林……

一根单漂朝木排撞来……它走到我们的前头。

远处的二峨……传说……仰卧的美女, 头发浸入河
中……永远浸着……

河上有风……

她朝我走来, 坐下, 开始"谈心"。

"谈心"是从她的道谢开始的。 我点点头, 表示受了。

我请她上我乌尤坝的家做客，她高兴地答应了。 我看得出，她不是个只会称谢的人。 我等着。

——我想请教一个事，刘科长……

来了。

——我原先不懂林业，一点都不懂。 这次看了一个月，稍稍明白一些。 上游的森林不多，而且还是水源林，尽管国家三令五申，但是县里、州里和你们都在砍，有的公社、大队也砍，有的私人也砍。 这样，还够几年砍的？

确实叫人痛心。 我说，这关系到林权，我们解决不了。近些年抓了营林更新，但欠账多，成活少。"一年青，二年黄，三年见阎王。"有些地方（如阳坡），砍了就再也种不上了，土层薄，地表涵盖力差，蒸发量大大高于降雨量。 长一棵杉树至少得七十年……

她说在林场时问了，转场时，缆车道下的枕木、构成运木渠道的原木、住房，甚至家具，统统不要了！ 她说她为此痛心……山里，那么多人从头年9月到第二年五六月，烧的都是木头……沿途的拉盗。 那个县的三个窑厂，开厂到现在没买过一吨煤、一车柴。 凡有单漂流过的地方，都住上木头的漂亮的房子，连牲口棚都是木头的；没有单漂，只能住低矮的石屋……过一个拦水坝损失5%，将来造起十七座电站，那85%的木头都是烂烂的了……伐桩有比人还要高的，杂树丢弃了……无数次损耗，几乎谈不上综合利用。 中国能有多少森林！

——这要投资。

搞文艺可以不讲钱，搞工程技术非讲钱不可。 我请她有机会向上反映，一个局是无能为力的。 要是有钱，可以用水电来换木头，用水泥钢筋换木头，用机器设备换得木头……就连营林更新也要钱，一米木头从育苗到成材，成本得一百多元……

她说到陆运，说现在有了公路……

——水运是最便宜的，每米十几块钱，公路运输是它的十五到二十倍。 最可取的是"森铁"，森林铁路。 但是，投资非常巨大……

——多少？

——据说不少于四十亿。

她和我谁都拿不出这笔钱，于是，我们不说了。

过滩时，排底擦到石头，好一阵跳动……稳住了。

他们用力推艄……舵把高举过头，弓身向前……将舵把按下，倒退到近水。

走通大渡河……

驾长将草帽顶在排头的木杆上。

拖轮看见了，拉响汽笛朝这儿开来，它接收木排。

木排继续漂着……前面就是岷江，大渡河将同它合而为一……河口是大佛，那尊开凿于唐玄宗开元初年（713 年）的石刻弥勒佛坐像。 它通高 71 米，端庄慈祥……

它都听见了，一千多年来，大渡河上下的风风雨雨……

1984 年 1 月 7 日夜

完稿于乌有斋

注:本文有关川剧、袍哥、都江堰的资料,均取自四川民俗期刊《龙门阵》。"讨口子"的资料,来自《龙门阵》1983 年 3 期:《这儿也有个"奇迹王朝"——记旧蓉城的乞丐》,作者崔显昌。致谢!

(作者谨向热情支持采访工作的四川省林业厅、阿坝藏族羌族自治州林业企业管理局、大渡河木材水运局及林业部宣传司的上百位同志深致谢意,尤为感谢陪同采访的大水局易兆映先生。)

1

大概从 1983 年起，我一直想写篇题为《象》的小说。象是很值得一写的。当初，觉得自己十分有把握，我想，象不会比人更多事了。然而四年过去了，没能写成。

在我的抽屉里，夹子里，存放着为此而收集的素材，留着写写就不成模样的手稿。现在，我又开始写象了。象是很难写的东西，这千真万确。同样确定无疑的是，这次我必须写得出神入化。为此，我决定本小说从创作谈写起，然后层层推进，步步深入。这样的开头不仅别致，还别有用心。

去年的一个雨后初阴的日子，我去从前叫作"中苏友好大厦"后来叫作"上海展览中心"的地方。大厦已有了裂缝，裂在地上，修补之后总没有原来的像回事。其实，我想说的不是中心也不是大厦，而是它在 1986 年的夏天举办的书展。

我在预展时去的，人还是很多。那天犯了个错误，没骑自行车。我的腰不行腿也不行，离开自行车就狼狈多了。忘了那天是否吃了几片药，反正即使吃药走路还是疼的。我一瘸一拐地走向展厅，不时安抚一下作怪的髋关节。 一路上，遇见几个熟人，打过招呼后挥手请他们先走，不必等我。 我要找找关于象的书。

有必要先说一下我怎么就会想到写象的。

除了一篇千把字的《九岁的狗》，我从没用动物做过小说的主角。 我的小说中有时会走出一只狗、一只猫，飞起一只鸟，作为点缀。 为狗花的笔墨稍多些，有次还将那篇《蓝旗》的题目写作《花狗子嘎利》。 因刊物负责同志认为不够严肃遂作罢。 我从来没写过野生动物，更没写过野生状态下的野生动物，没有打过熊。

有天，我照例起得很晚，在床上抽着烟看天花板。 那时，我家的天花板很小，并不比一张铺开的象皮大。 我由此想到了象，想到小时候就听说过的一个传说。

我发觉自己有点激动了。

想写一头象的事就是在那个早晨决定下来的。 那间小屋光线晦暗，天花板上有漏雨后的黄渍。 一支十八英寸的日光灯慵懒地吊着，屋里有四个橱一张床一个写字台一张饭桌三把椅子，屋子有三扇门，都是朝里开的。 我觉得自己的体积在膨胀，皮肤压到了家具压到了墙，这样，门就无法打开了。

我这辈子能写好叫《象》的小说，但是写不好大象的了。 在我一瘸一拐朝着书展走去时就知道了。 我无非是想找点事干干，找个完不成的题目来看一回自己的笑话。

在书展未能找到有关象的书。 我手边其实是有书的，还不止一本。 一个叫钟阿城的人曾寄给我一册《生活在象群中》，四川少儿社 1982 年的版本，有九十页。 另一个叫红子的人一下子寄给我三本，书名稍逊色，是《非洲动物记》《非洲动物猎奇》和《珍兽趣谈》。 以那本《猎奇》为好。三本书中有关大象的记述有七十五页之多。 90+75 = 165，有了这一百六十五页，写一个不太长的故事是可以了。

我曾经这样以为。

那篇流产的小说是这样开头的。 我写一头象的一生，从有他一直写到象死去，我为他取了一个名字叫"象"。

我省略了受精过程，从象在他母亲腹中写起，象在母亲的子宫里，他很闲，气闷，觉得窝囊。 他听着母亲身体内外的响动，猜测着一切。

我知道，这不怎么合于自然。 我并不想写什么童话或寓言，也不想把小说写成文件。 我确实相信我的象什么都听见了。 我愿意他听见。

象继续沉浮在他母亲的子宫里。 他的母亲继续生活在象群中。 我设想那是在非洲。 为此，电视中每次播出《非洲》，我都极认真地看，还做记录，还录下音来。 那部获得奥斯卡金像奖的故事片《走出非洲》我也看了，是去年 10 月在南斯拉夫看的，没多少有用的东西。 那部片子译成塞尔维亚语是《我的非洲》。

我也真是死心眼，按理，我的象不是他母亲而是我生的，严格地说，他不是生于子宫而是生于大脑。 他的一切我当然是知道的。 大可不必提阿城或红子的名字，不必去什么书展。 我手边有一头粉红色的塑料的象，一位朋友所送。看着它能编出一个很好的故事。 我真傻。

在我的故事中，象始终是孤独的。 心理的孤独。 自然，他有母亲，有伙伴。 长大后他也谈恋爱，弄出点风流勾当什么的。 这些都没用，他依然孤独。 这是在他母亲的子宫里就确定下来的。 他在自己的一生中，始终怀着深深的恐惧想起那片绝望的黑暗。

象就这样开始了他的命运。

关于写象的起因还没说完，暂时不想说它了。 我现在急于从上海展览中心走出来，那里人太多，汗气熏人，虽有可乐与风扇也无济于事。

从那里走出来的时候，手中多了一捆书。 我花了一百多元钱买了一套《简明不列颠百科全书》的中国版。 还买了本《世界人体绘画选》，这要便宜些，二十六元。 我提着这十一本书步履艰难地走出书展，心中懊恼没将自行车骑来。

我走上几步就换一下手。 捆书的绳子过细，勒着手掌极不受用。 我有点着慌，不知能不能坚持到车站。 雨后的地是湿的，我无法将书放在地上。

写到这儿，我想休息一下了。 象是一种庞大的动物，有句俗话叫"大象屁股推不动"。 所以，写象和看人写象都是很累的。

2

乞力马扎罗在非洲东部，高 5895 米，是非洲最高峰，是活火山。

欧内斯特·海明威（1899 年 7 月 21 日—1961 年 7 月 2 日）在他用猎枪掀掉自己半个脑袋之前，来得及写下一篇题为《乞力马扎罗的雪》的小说。 小说的开头他换了种字体写道：

> 乞力马扎罗是一座海拔一万九千七百一十英尺的长年积雪的高山，据说它是非洲最高的一座山。西高峰叫马塞人的"鄂阿奇-鄂阿伊"，即上帝的庙殿。在西高峰的近旁，有一具已经风干冻僵的豹子的尸体。豹子到这样高寒的地方来寻找什么，没有人做过解释。

我的象没有风干也没有冻僵。 母亲的子宫暗得温暖。象蜷缩着，心烦地听着来自母亲身体和她体外的动静。 他试图挣脱，蠕动着，一直动到没有了耐心。 象觉得很累很累。

他能分辨出静止与走动。 一般地说，他更喜欢走动。

一颠一颠的，如同躺在担架上。

终于有一天，象觉得忍无可忍了。 他在膨胀，在皮肤的扩张遇到子宫有力的抵抗、包裹、挤压时，他奋不顾身了。

他觉得自己被揉皱了，粉碎了，加工成一条粪便，灌入漫长的凶狠的通道，他无能为力。 多少年以后，他仍记着这最初的耻辱。

无尽的黑暗啊。

在那个雨后初阴的下午，我提着近一万页的十一本十六开书走出上海展览中心。 展览中心正中的喷泉开着，水柱有气无力地升起，又极快地坠落了。 空气湿热。

人们有时会看我一眼。 目光先是向下的，看着我身体上最不文明的那一段，然后上移，证实一下它的所有者。 他们快步赶上我走开了。 我有点漠然。 这样的情形见多了，不漠然不行。 我使劲使技巧走着。 一个人的腰腿一旦出了毛病，走路就很需要技巧。 柏格森有本不怎么出名的小册子，叫《笑》。 他说残疾是身体在做着鬼脸。 他说得很对也很有意思。 我就这样边做鬼脸边行进着。

当时，我走得比现在说得还慢。 系书的绳子勒进我的掌心，手掌像被切割了。

事后，重新回想那段时间，我觉得林一的出现不是没有预感的。 前一天晚上的梦里，我便看见了她。 我只能说似乎是她。 她站在离我很远的围墙边，胸前是花布的围涎，周围是她幼儿园的小朋友们。 她在我梦中的脸和现在的脸不很相像。 当时她在吮着手指。 阳光落在她左边的半张脸上，于是半边脸收缩半边脸舒张。 我在梦中仔细想过，没想起她的名字。 现在我知道她必定是林一了。

林一朝我走来，不声不响地接过我手中的书，不声不响地挽着我。

我觉得，我的腿的关节疼得似乎好了一些。

我的腿其实还是不错的。 当然，这是一种比较宽容比较将就的说法。 我的意思是假如关节不作怪的话，这腿还是靠得住的。

两条腿都有毛病。 令我欣慰的是它们从不同时发病。 这就比较讲理了。 人不能一条靠得住的腿都没有。 真正的毛病是在腰里。 我的病是从腰部开始的。 那是十多年前，我在乡下当农民的时候，那时候我和林林在一起。

我从来就没喜欢过插秧和割稻什么的，那种需要弯腰的活一概不喜欢。 我总是挑担，挑五十斤到一百五十斤。 在我挑担的时候，林林多半哈着腰在田里干活。

说起来，真正觉得腰不行了是在我和林林奋斗了一夜之后。 那不是第一次。 那天我觉得腰不行了，有以往三倍的疼痛。 我对她说我不行了，记得还说了对不起。 她从蚊帐中坐起，要我继续趴着，伸手在我的腰背不轻不重地揉着，揉得我哼了起来。 那个夜晚，我最后还是坚持着善始善终了。 我觉得自己开始有点伟大的味道了。

蚊帐中，她跪在我的身旁，揉着揉着揉着。 她的衣服堆在我的脚后，有一颗纽扣硌着我的脚背。 我没去看她。 在天亮起来的时候，她的汗水顺着手臂流到我的腰上，又从腰绕过差劲的背肌滴落下去。

天亮起来了，白色的天光穿过泥墙的缝隙照在蚊帐上，照得帐外焦虑了一夜的蚊子更憔悴了。 林林终于说她不行了，双臂一软整个身体压在我的背上。 我们的汗流在了一起。 她流着汗的胸腹很奇怪是凉的。 那天我们就这样睡着一直到我觉得不行了，我觉得自己必须善始善终了。

在我和林林努力奋斗的时节，林一还是个孩子。 我第一次看到她时她在上小学，那个在幼儿园的镜头是我幻想出来的。 那时候，林一见我总叫我叔叔，叫得林林无比恼火。我经常把林一抱在膝盖上，为她编了许多故事。 必须说明的是，我从来没吻过她。 她已经大了，不适宜接受男子的吻。我吻她是许多年之后的事了。 那时她更大了，适宜了。

林一给我提着书，我便不再一瘸一拐了。 走得很慢。我们上了车又下了车，她把我送到家门口。 我要她上去坐坐，她说不了。

我没有第三次叫她。 我接过书，用手在她额上轻轻按了一下。 随后，独自上楼了。

3

我将写完的故事读了一遍。 我发现，如果结束在"独自上楼了"，这也不失为一篇好小说。 我的这个故事可以在任何地方结束。

当然，在任何地方也都可以不必结束。

按照不结束的写法，我走在上楼的楼梯上。 我家是三楼，没有电梯。 我走了三十九级台阶后开始找钥匙。 没能找到。 我想了一想，什么都没有想起来，于是只好后退两步，朝门狠狠蹬了一脚。 门应声而开。 我的关节一软，一屁股坐到了地上，手中的十一本书在地上顿了一下后散开了。

这十一本书都非常漂亮。

那天我走开了，去忙什么琐事，以至于错过了我的象出生的时刻。 等我赶回来，他已经诞生了。 按照《生活在象群中》的原作者英国人伊恩·道格拉斯·哈密尔顿和奥利亚·道格拉斯·哈密尔顿的说法，象此刻正站在他母亲的肚子下，象的身上湿漉漉的，沾着鲜血。 他母亲的后腿和鼻子上沾满了鲜血。 充当助产士的两只大母象，鼻子上也沾着血。 象走出黑暗后，又沦于一片红色。

象出生于中午时分。 象的母亲大约十三岁。 她无力地垂着头，两腿弯曲，疲倦，困乏，对象丝毫不感兴趣。

象半睁着他的眼睛，躲在其母亲的身下打量着这陌生的世界。 他肩高八十五厘米。 雄性。 皮肤是棕蓝色的，身上长满了红色的波浪般的细毛，眼窝深陷，皮肤多皱褶。

我觉得抄书的工作应当到此为止。 道格拉斯·哈密尔顿们说得够多了，该轮到我说了。

我愿最后再用书中的一个细节。 我的象上下卷动着鼻子想找奶吃了。 母象的乳房无论数量、位置、形状和大小都与女人的乳房相似。 在初次怀孕后乳房发育了，此后终生有着奶水。 我的象学着吃奶了。 这也是本能。

神情黯然的母象突然飞起一脚，踢在象的头上。 母象的后腿异常壮实。 象打了几个滚跌在茅草中。

他彻底绝望了。 他看着前方的那双乳房痛心不止。

走来一头胸脯扁平的母象，她叉开两条前腿，用鼻子将象拢到自己身下。 她用鼻子轻抚着象的脑瓜，温柔，亲切。

象开始平静了。 在他的一生中，始终感激给他最初卫护的母象。 日后，他用自己的身体报答了这头母象。

乞力马扎罗的雪峰高高悬挂在远方。

在象出世之后，我能比较从容地讲我最初的构想。

我说过，我是在 1983 年的一个早晨想到写象的。 那天我想到了一个关于象的传说。 这个传说流传很广。 大概是说在象群出没的地区，有着象的公墓。 一代代的垂死的老象在听到上帝的召唤时，只身自动离开象群，凭着极神秘的本能跋山涉水找到了公墓，在其祖先与弟兄的遗骸旁静静地躺卧下来，等待死亡。 没人能寻到它们的公墓。 那里有无数的贵重的象牙。

那天早晨我想到的就是这个。

当时感动我的是老象的离群，是它离群后孤独的行走和最后的静卧。 这使我非常激动。

我知道这传说是不确的。 没人见过象的公墓。 科学家指出，大批象的尸骸的聚集，其原因十分简单，是因为非洲草原不可能禁绝的大火。 一般地说，科学总是一门煞风景的学问。 科学也是一些人懒惰的根据。 我知道公墓就是有的，没找到不等于没有。 人在其他事情上的态度（譬如恋爱时的态度）要客观一些，不因为没找到如意的朋友而断定这类人的永不可能存在。 没有公墓就不会有我的《象》，相反，既然有了《象》，公墓是一定有的。

在这篇充满感情色彩的文章里，我不想过多地争论某种有和无。 那次我跟随着象的足迹走进公墓时，就是这样想的。 那片林子里，倒伏着无数的象的骨骸。 白骨森森。 所有的肌肉、皮肤都荡然无存。 值钱的、人们梦寐以求的象牙俯拾皆是。 我弯下腰，深情地抚摸着象类的獠牙。 獠牙几乎是温热的。 象们巨大的骷髅张着深渊似的眼睛无情地盯着我这闯入者。 我望着骷髅上的黑洞，回想着它们往日的尊容。 那令美女们艳羡的长睫毛已不知去踪。

从黑洞中钻出一条蛇。

遍地是蛇。

那个下午，我其实是和林一一起度过的。 在楼门口，我并没请她上去坐坐，她也没说不坐了。 她一直走在我的前面，提着那捆沉重的书。 走完三十九级台阶，她也喘气了。我扶着墙一步步跟在后头。 我的关节又疼得不行。

她从裙兜里掏出钥匙，开了门，开了灯，没等等我就走了进去。

我至今没有搞清她的钥匙是哪里来的。 我摸摸自己的口袋，钥匙还在。

等我进屋，书已放在床上并解开了绳子。 林一在将绳子一圈圈绕起。 她坐在床沿，低头看着手中的绳头。 我进门后关了门。 她刚好将绕作一团的绳子递给我，一面用另一只手将我桌上的收录机打开。 声音巨大。 她忍耐了几秒后将它旋小了。

在这天余下来的时间里，我们进行了很多活动。 第一项活动是看书。 她看《世界人体绘画选》，我看《简明不列颠百科全书》。 她看画奇怪得很，先挑有色彩的，看完之后再看黑白的，最后又看有色彩的。 我根据书脊的编排先抽出第八本，那本的内容从 tu 到 ye。 在第五百五十六页找到了"象"的条目。 读者假如没有兴趣，可以跳过这一千字。本小说可在任何地方跳过任何字数不读。

象 elephant 长鼻目 Proboscidea 象科 Elephantidae 动物。有两个种,即印度象(亚洲象)Elephasmaximus 和非洲象 Loxodontaafricana。特点是身躯高大,长鼻,腿圆柱状,耳大(尤其是非洲象),头巨大。体毛浅灰至褐色,稀疏而粗糙。两个种都有獠牙和不断生长的切牙;但印度象的雌体通常没有这种切牙。鼻孔位于灵活的长鼻末端;端部有一细小的手指状突出物,能拾取小物件。饮水时将水吸进鼻内,然后喷进嘴里。雄象没有阴囊,睾丸在体内。非洲象是现存最大的陆地动物,重达 7500 公斤,肩高 3~4 米。印度象重 5000 公斤,肩高 2.5~3 米,耳较非洲象小。象的磨牙不是同时萌出;现有牙齿磨损后,一颗新的牙齿才长出来。第六枚和最后一枚磨牙大约 60 岁以后被磨损掉(非洲象),因此,象多数不能活过这个岁数。印度象产于印度半岛和东南亚;非洲象分布于撒哈拉以南。以前认为所谓倭象是一个独立的种,今知为非洲象的幼体。两个种生活在茂密的丛林到热带稀树草原,以小的家族群形式活动,由年老母象带领。在食物丰富的地方,这些小群再结成较大的群。大多数雄象离开雌象单独成群。象随着可得到的食物和水的情况而进行季节性迁徙。每天用许多小时进食。一天消耗的青草和其他植物可超过 225 公斤。印度象的妊娠期平均为 610 天,而非洲象还要长约 2 个月。前者繁殖年龄开始于 8~12 岁之间,而后者大约 14 岁。

在我阅读"象"这条目时，林一告诉我，那本画册的彩色图版是一百幅。接着，她问了我一个奇怪的问题，画家为什么不爱画怀孕的裸女。我想了一会儿，没回答出来。她问我是不是画家喜欢纯粹的女人，不喜欢一举两得。这样精深的问题我就更没法回答了。我告诉她，怀孕是件非常神秘的事。她看看我又看看画，不作声了。

在接下来的好长时间里，她的目光一直凝视着蒙克的《马拉之死》。目不转睛。

很多世纪以来，印度象就被用作重要的礼仪用动物和役畜。象靠役象者的指挥，一直在东南亚的伐木业中起重要作用。非洲象也用作役畜，但不普遍，因为象至少要到 20 岁才能做复杂的工作，因此从来没有被真正驯化过。捕获和训练年轻成象要有已驯服的成年象帮助。这种做法使象的数目不断减少。由于象的生境被破坏，也由于人类的开拓，象现在已处于极度的危险中。亚洲象被认为是濒危种。而非洲象数量亦在下降，尤其因遭到偷猎。野生动物保护区里由于栖息地的进一步破坏而时常出现数量过剩。保护措施包括防止偷猎，建立大面积的保护区（包括主要迁徙路线的走廊区）。即使有此努力，但有时仍可能需要减少某些群体的密度。

　　我终于将这段长长的文字读完也抄完了。　这是我赖以写这篇《象》的基础。　有了这段文字，任何人都能据此编出一个故事。

　　不过，我读它时的第一个感觉是觉得可能翻译错了。　那句"象现在已处于极度的危险中"的判断句似乎缺乏根据。非洲象的数量是在下降，欧洲某些国家的人口也在下降，然而我们并不能说这些国家的人们"已处于极度的危险中"。"极度"这个词用得不好。　当然，我没有怂恿偷猎的意思。我对象这种高贵的动物充满敬意。　在读到"役畜"这个词时，恨得什么似的。

　　我还想抄上最后一段，这段要短得多。　抄完这段后我就将词典放回书架。　这是关于"象牙"的条目。

　　　象牙 ivory 牙本质的一种类型构成象的獠牙，由于美观、耐用适于雕刻而受珍视。象牙是象的上切牙，终身生长。雌雄非洲象和雄印度象都有獠牙，而雌印度象没有獠牙或獠牙很小。河马、海象、独角鲸、抹香鲸和某些野猪和疣猪的牙亦与象牙相似，但因形小而无商业价值。每对非洲象的象牙平均长两米，重 45 公斤，印度象的牙较小。象牙主要有两种类型：一种坚硬（一般来自非洲西部，色较深），一种柔软。

在读完这段话后，我要林一先别看画册了，让她听我说话。我说即使这样有派头的词典，有时也会出点毛病的。"象牙"这词条的第一句话显然少了个逗号，少了个顿号。而象是论"对"的吗？我怀疑"每对非洲象的象牙"是"非洲象的每对象牙"之误。林一听后，要我别咬文嚼字了。她停了一下，手在《马拉之死》上抚了一遍后告诉我，她叫林一，是林林的妹妹。

我不记得林林有什么妹妹。早先关于抱她妹妹于膝上讲什么故事的情节是我杜撰出来的。那个梦也许是真的，但林林没有妹妹也是真的。林林最终是因为独女而调回上海。在这种事上，户籍机关一向很少差错，邻居们也特别乐于检举。

我问了一遍。她清楚地说是妹妹，不是表妹也不是堂妹，是同胞姐妹。

在这天的下午，林一走向我接过我手中沉得要命的书，并挽着我胳臂的时候，我没有片刻犹豫。我像在等待她的到来。她和林林长得一样，只是年轻了十年。

"是啊，我来过这儿呢。"她说。

4

在那本词典第八册的第五百五十八页，记述着"象头神"的事。词典说其像常见于寺庙或住宅的入口。在下一页上，有象头神像的照片。 我仔细看了很久。 1982 年的初冬，我去了承德，在外八庙的哪座庙前，看到过石象守门而非石狮守门。 记得当时在象前照过相，现在却找不见了，不知是不是回来后根本就没去冲洗胶卷。 象头神是印度教所信奉的神灵，人身象头，是湿婆与雪山神女所生之子，据说他能排除障碍。 我所看到的石象是象头象身，不曾变幻。 看来不是一回事。

那次去承德，同行的是林林。 那时我们已经完蛋了。她答应过我，于是就陪我去了。 在承德和回来的路上，我们极为和平。 我提出咱们是否就分开住了，她没答应。 最后我们住在旅馆同一间房的两张床上。 床是木板的单人床，按说凑合着还可以的。 不过我们没有凑合。 那几天她似乎更美丽了，眼圈有点发黑，是天然的黑。 只有一次，她半夜起床，没开灯，在床后的痰盂里小便。 声音巨大。 天还没亮她就起来将痰盂倒了。 我都听见了。 那些天的夜晚我没睡着。

那些天下着雪。

在象头神前照完相，我们又进了避暑山庄。 山庄游人极少。 我对湖不感兴趣。 北方没湖，才将湖视若宝贝。 什么昆明湖、大明湖，包括避暑山庄的什么湖，一概没兴趣。 北方的山是好的。 夕阳下，我看了许久的山，看那根著名的翘然而立的棒槌。 看到不忍心看了，回过头，见林林正望着一行行荒山。

"白象似的群山。"她说。

那时我还没决定写象。决定写象是多年之后的事。我便也看山，觉得真像白象，海明威没说谎。

在这期间，雪始终下着。第二天，我们又去外八庙时，雪还下着。那天，我们看到了欢喜佛。

那天，我的闪光灯怎么都充不进电，我只好凭着门口映进的雪的反光照相。我装的是 ASA100 的胶卷，光圈拨到2，靠在墙上，屏着呼吸，用四分之一秒的速度曝光。照相机顶着额头，两臂夹着身体，按快门时手指平稳地运动。曝光速度一秒我也试过，只要别放到六英寸以上，成像质量还是可以骗骗外行的。那次的效果如何就不知道了，胶卷也不知去向。

欢喜佛其实也没什么。想到佛也性交，便觉得幽默。我翻过《清朝野史大全》，上有"欢喜佛"词条。是说嫌人口不够繁衍，便塑出这般的佛像起点示范作用，表明人事亦佛事，人欲亦佛欲，劝人加紧工作。那佛塑得姿态生动，如歌如舞，有一尊颇像今日的冰上双人芭蕾。佛的下部用黄绢兜起，韬光不露。我想揭开黄绢看个仔细，一旁的工作人员无言地摆了摆手，遂作罢。回头看林林，已站到门外的雪里去了。

晚上，在旅馆，我们各据一床，拥被而坐。我谈到白日的遗憾。林林开导我，现在人口过剩了，人也有知识了，无须再劳佛的示范。我向她陈述了自己对艺术的追求。她冷笑了一下，问，那么，我身上的黄绢呢？我哑口无言。

她没有暗示我的意思吧，只是一种反诘。她知道我们完了，有没有黄绢都是完了。当然，也可不必那么认真，做会儿体操即使只为了驱寒也是说得通的。就像我就要写到的象。象类不很在乎这些。没有体操。没有体操的气氛。

那天晚上，我没怎么睡着。我一向讨厌安眠药，所以便由它去了，只闭着双目养神。夜半，被轰轰烈烈的小便声骚扰过一次。到天亮时，终于入梦。很快又醒了。我头枕着的那根管道发出太阳般的热。供暖气了。

第二天，我和林林就坐火车回去了。回去后，把欢喜佛忘了，也把那两尊石象忘了。我还想把林林给忘了。

在很久以前，我看过一部叫《捕象记》的影片。捕到的一头小象名叫"版纳"。影片中的西双版纳的自然风光令人神往。放这部影片时"四人帮"还在。不久传出话，说捕象时打死打伤了象。受伤的象向人复仇，毁坏田庄，袭击居民，象怒人怨。

版纳是印度象，雌性。我见过她。为捉她，人们实在吃了不少苦。中国人是不大捉象的。据说捉的话用陷阱，设法将象群中的小象赶入。象善于攀爬，能走陡直的山路。如果陡到壁立，它就没法子了。小象得在陷阱里住些天，煞煞野性。人们在阱边燃起篝火，守着它，扔给它吃食。到差不多了，便用牛筋将小象的腿绑上，另一头绑在已驯服的大象身上，拖着回村。 回村后将小象绑在大树上，教它口令。 如不听口令，许多驯服的大象（象奸?）用鼻子揍它，打得皮开肉绽，人再走上去，往伤口泼点盐水。

这故事不怎么人道，更不象道。 我不知版纳身上有没有被泼过盐水。 依稀记得人给她吃过盐。 版纳毕竟被俘虏了，押到上海，关进了大大的笼子——象宫。

驯象都驯小象。 大了，野了，世界观形成了，无药可救了。

我的象还在他的林子里，人们很少驯非洲象。 他的命运要么继续活下去，要么被偷猎者打死，不会做走狗般的"走象"。 眼下还不会被打死，他的牙不够漂亮。

象能够在他母亲胸部吃到奶了。 他把碍事的鼻子甩到一旁，仰头吃着。

他惧怕黑暗。

夜晚，乞力马扎罗成了一个黑影，其雪峰模糊一片。 他发觉自己有点近视。 他不知道，所有的象都是近视的。 月亮在眼中是黄黄的一块圆斑。 象群奇奇怪怪地嗥着，将鼻子伸向天空，向月亮膜拜。

举起来，孩子，举起你的鼻子。 母亲用自己的鼻子将象的笨拙的小鼻子抬向上方。 举起来吧，孩子，月圆了，向月亮举起你的鼻子。

他将鼻子高高举起并左右晃动。 林子里鼻子的树林。

1955 年，陈村在母亲怀抱中

1974 年,乡下骑牛

1981 年,上海青年作家许子东、崔京生、薛海翔、曹冠龙、陈九、陈村(左起)

1982 年《中国青年》桂林笔会,右一为陈村

1983 年,在家写作

1984 年,去西沙群岛采访的军舰上

1984 年,海南采访

1999年,陈村和儿女

2009年,肖全拍的陈村全家福

兄弟姐妹

1999年，王朔、须兰、阿城、陈村（左起）

作家马原、赵丽宏、北岛、王安忆、李章（后排左起），陈村和儿子（前排）

2019 年，儿子拍的陈村

月光温柔地洒在鼻子上。 他嗅到月亮的清明的气息。 那橙黄的光斑映在他的眼睛里，烙下了永不消退的印迹。

林间象群的低噪。

一条鳄鱼反常地爬向岸，身躯离地，用强壮的四肢爬行。 爬了一会儿，他抬起头，看一眼木木然的象群，沿着岸线像马一样奔跑起来。 天黑了，大群鳄鱼待在河里，潜伏在河底。 河面安静。

象被黑暗困扰着。 他明白了，他的群体是无敌的，无须为安全为食物而忧心忡忡。 他想尽快长大，以便进行哲学思考。 那些蝇营狗苟的众兽无暇把思维上升到高的层次。 眼下还不行。 眼下还叼着母亲的人奶一样的奶头。 奶头上没有哲学。

象看着猩猩做巢。 他用鼻子试了一下，够不着。 月亮已被云影遮去，象群噪得更为凄厉。 他无心祈祷。 来自母体的对黑暗的恐惧弥漫开去，将林子和草原一一吞没。

他哀伤地举起了鼻子，向天，向月亮，被云遮没的月亮。

5

那天的晚饭是林一做的。 她说做饭可惜了裙子，就将裙子脱了。 当时我有点假正经，在她脱裙子时转过身去看那画册。 我爱看德加的浴女，好像隔着蒙了水汽的窗，那湿淋淋的背是奇妙的。 林一从我身后走来，我先看到的是一条极出色的年轻的腿朝我的视野运动。"回过头吧，你失望了。"她朝我笑了笑便去做饭了。

她穿的是当年流行的白色"西短"，街上已白成了一片，像浮云，飘在姑娘与小伙的中段。 没人像林一一般地将它穿在裙子里。

在饭桌上和床上，我都问过她林林的下落，她说不知道。 她对我说，没什么林林了，你当我林林就是了。 我怀疑她是故意的。 我把自己的怀疑通知她，她鄙夷地朝我打量着。"没想到你真俗成这样。""是啊，"我说，"我有这份子俗气。 没来历不行。"

"怎么我就没来历呢？"她轻声自语。 她把桌上的骨头拨进自己的饭碗，放一边去。 她走到窗前，端着头静静地流了一点泪。

我走到她跟前，把裙子给她。

林一接过裙子，仔细折好，放在书桌上。 她站起来，将汗衫从头上脱去，只剩下胸罩。 她背转身。 她说，解开吧。 她说，你可不笨。 她说，让我一个人待一会儿。

当年，听完这句话后我没有出去。"这次你得出去。"林一说。

我不想出去。

我将林一安顿得好好的，将自己安顿在她身旁。 她小巧的脑袋枕着我的肩膀，就同林林所习惯的。

"林林总愿意枕着你。"

"对。"

"林一更愿被你枕着。"

我枕着她。 这也很好。 她轻轻拍着我的背，好像母象哄小象入睡。 我已不再幼小，拒绝入睡。 我感觉到她俩微妙的不同。

"林林不让我学她。"

她用手安抚我，用的是左手。 她的安抚适得其反。 我们渐渐不再安静，很久，又渐渐安静。 静与不静都是好的。

"你再仔细看看我，你真的认识我？"林一半笑半不笑地说。

她似曾相识。 我想下床。

"你别走！"

我怕了。 我想自己大概是跌入了"聊斋"式的陷阱。我害怕画皮。 我没命地奔出去，忘了我的腿是奔不得的。于是，关节一阵剧痛，腿不容分说地一软，跌倒在门口。

我的关节确实十分碍事。 每当要外出，我总在心中丈量着将要徒步行走的距离。 关节像月亮一样，有圆有缺。 表现尚好时，可勉强跟上常人的步伐。 但也别过分得意，说不定下一步就有电闪雷鸣般的一下子，腿猛地一软。 我就站着，站许多时候，尽量不去招惹它。 过马路时得格外小心，死在马路当中是破坏公共卫生的。

我倒是真没怎么跌倒过。 跌倒是健康人的事。 腿一旦坏了，行走时注意力都在腿上，轻易不摔跤。 只有一次可真跌惨了。 那是骑车，我骑车时比较健康。 那天上动物园去，揣着介绍信，去了解象的情况。 天冷，我骑在车上戴手套，脱开一只扶车把的手，又脱开一只。 这种"双脱手"的把戏我比较熟练。 结果就摔跤了。 跌破了裤子。

我躺在地上很不想爬起。 身下是一堆碎石，隔着棉袄硌不疼我。

我有点怪罪象的意思。 没象，我怎么会狼狈地趴在地上。 有一群女孩朝这边走来，我急忙爬起，将自行车龙头校正，仍朝动物园骑去。 摔老实了，我双手扶着车把，不敢逞能。

动物园热闹得很。 人比动物还多。 我给守门人看了介绍信，于是没买门票还将自行车骑入园里。 感觉就此好了起来。

我先在象宫前站了一会儿。 象宫里有股臊臭味。 三头大象和一头小象百无聊赖地站着。 大象的脚上拖着铁链。

接待我的人很警惕地看我，因我说起看过《捕象记》。 捕了一头象，被人反反复复地议论，他们烦了。 我解释不是也想捕点捕象者的逸事，而是想了解象的生活习性。 他打了个电话要我去象宫看看。 我问了科研情况，他说没有科研。 那几头象身高体重都不知道。 我立刻想到了曹冲称象。

养象的小伙子已工作了十年。 他开开后门带我看象。

那几头成年象凶恶得很，朝我喷射鼻涕。 小伙子说饲养员也走不近它们。 可爱的是小象，皱巴巴挺可爱的，已两岁多。当然，它不会说话，不叫我叔叔，但和气多了。 小伙子用苹果做诱饵，让它表演摇铃，打篮球，它完成得很出色。 小象叫洱纳。

洱纳生下时八十九公斤，没几分钟就能站立，和牛差不多。 发情的母象性情暴躁，用水喷人，用鼻子打人，不听口令，无端朝人攻击。 配种的时间不长，不多于五分钟，一天二到三次。 配上少，配不上多。 要到七个月后才知究竟，那时母象乳房增大，腹部增大。 成年公象一天进食十次，吃五百斤料。 吃阔叶草、干茅草、米、杂粮、苞米、麸皮、面粉、苹果、香蕉、甘蔗、西瓜、胡萝卜、大头菜、南瓜、冬瓜、竹叶、毛笋、稻草、盐、骨粉、维生素。 不吃荤食。

公象每天睡四小时，母象六小时，小象十小时。 象怕冷。 一岁以内的小象怕打雷。

象的生产也痛苦，会叫着打着滚。 母象后腿分开，臀部抬高。 头胎要花六小时左右，二胎只需二十几分钟。 生下的小象，衣胞包着，母象用鼻将其撕开。 每胎一象，五年左右一胎。 他要我摸摸小象的皮肤，说它皮肤多细腻。 我摸了一下，十分粗糙。 洱纳的眼睛十分漂亮，通人情似的。他说，一头象价值两万。 我就想，中国的所有的象加起来，总值不超过一千万元。

中国有五百头象吗?

今天是个阴天。 我起床后就无精打采的。 坐在桌后看着窗外，楼叠着楼。 几百个窗口像几百只眼睛，可怖。 看不到一点绿色。 我就在这众多眼睛的专政下想我的象。

我已多时没去想它了。 这一个多月，忙着过春节，忙着和林一说些废话。 只要她不在这儿住，便半夜打来电话，说她睡了许久还睡不着，咱们聊聊吧。 她的声音亲切动人，带点欲睡不能的迷糊，足以叫我失眠。 我让她别再打来电话，要说话就走来说，边说还可边干点别的好事。 她说她是林林，不是林一，没什么林一。 你是鬼吗？我问。 你们两个都是鬼？

"是的。"

电话里有沙沙的轻声，仿佛鬼沿着线路朝这儿爬来。 我等着。

什么都没等到。

为报复失眠，我用过剩的想象力编着小说。 一口气编了四个：《爹》《三个人的家庭》《蓝色》和《老宅》。 我比较看中《蓝色》，因它有点不像男人写的。 我将象闲置了一段时间。 近来我的情绪不良，免得将他带坏了。 他还太小，模仿力极强。

窗外响起了雷，下着春雨。 小时候读杜甫的诗，"好雨知时节，当春乃发生"，觉得写得很差。 等长大了，知道"当春乃发生"这种笨笨的句子不是谁都能写成用好。 也因长大了，知道水对于人对于动物是第一要紧的。 人类的择居向来都是在水边，我的象也如此。 雨季到来时，象群被淋得狼狈不堪，身上几乎长起湿疹。 雷声令小象浑身战栗，佑护他们的月亮被浓云遮蔽，天地一派灰蒙蒙的。 而原野便在雨中复苏，草和树生长着，为这群长鼻子动物提供食粮。

河水泛滥，河道被淹去，河马兴致勃勃地游窜，鳄鱼在等待腐尸。 羚羊、角马、斑马、犀牛在艰难地跋涉。 雨冲走了动物的气味，食肉兽的鼻子变得不灵了。 大水之上，烟雨迷茫，极目眺望，隐约可见大树和长颈鹿的浮动。

我的象在这群难民中举头看天。 母亲要他低头望着地下的水，他偏偏看天。 他觉得奇怪，那轮骄傲的太阳怎么就再不挂在天上。 天穷得和地一样，没什么可看的东西，浑浊得和地一样。

响起了雷。

象跟着母亲跟着象群朝高地行进。 他高举鼻子，免得呛水。 母亲有时伸过鼻子来拉他一把。 水流得急，很难站稳。 他觉得水是那么可恶，原先玩水的兴致已消失殆尽。他实在有点走不动了，想求母亲歇歇，母亲昂着头只顾走路。 他用鼻子擦着母亲的乳房，母亲依然没停下给他喂奶的意思。 象恨恨地不走了。 他对这无休止的走和无休止的雨烦透了。

象群走远了。

象怕了。 他尖叫着，没谁搭理。 他迈开小短腿，急急追去。 脚下踩了个空，水就把他带走了。

我洗了半小时手后，回到桌前写着象的故事，一边留心电话机，防它铃声大作，扫了我的兴。 电话铃总是神出鬼没，在最不防备的时候叫起来。

它一直没响。

雷还响着。 关了灯，闪电将屋子照得一阵阵惨白。 我担心我的象的命运。 象没屋子可躲雨。 每年的雨季，非洲草原总要淹死不计其数的动物，其中有我热爱的象。

林一在雷声大作时进了屋。 我没听见开门声。 她站在我的床边，浑身朝外喷着水。 她穿着裙子。 闪电亮亮的。

"你怕了？"

我点点头。

她的声音发抖。 我帮她脱去湿衣，扔在地上。 她却捡起，放上桌子。 我说是不是还想叠个整齐，你这傻丫头。我让她快躲进被子，用身体暖她。 她的膝盖极冷。

"我以为响雷就能穿裙子呢。"她僵硬地贴着我，"我的裙子真够漂亮的。 你把电热毯开了吧，不触电吧？有两个流氓追我，我穿得太漂亮了，我要是流氓也一定会追我。"

"闭嘴吧，小东西。"

"你别急，你不是流氓，着什么急。 我今晚不走了。"

"哪还有什么今晚。 天要亮了。"

"我真的不走了，永远不走了。 我要你永远这样暖我。你真热，真他妈热。"

"给我放规矩点。 你要想住下来，不准说'他妈的'。你何苦找我，买张电热毯也就行了，它才真他妈的热呢。"

雷声和闪电。

她嘘了一声，皱皱眉头，说差点忘了。 她趴着，拿起电话拨了个号。

"又跟谁捣乱了？"

"我已经到了。 没事，我很好。"

"又跟谁捣乱了？"

她挂上电话，说是打给林林。

我已搞不懂这真真假假。"你给我拨通电话，我要和她说话。"

"林林不愿和你说话。"

"我要和她说话，你听见吗？"

"我就是林林，你怎么老不明白。 我不就是林林嘛。"她掀开被子，"你看呀，你不记得我脐边的这颗痣了？ 在草屋里，你吻了它好久。"

我怎么就记不得呢？

我为她盖上被子。

"不要生气，从前，你不爱生气。"她拉着我的手，"从前，你的手总爱从腰里绕上来，贴在我的肩上。 你总爱这样，这样，这样，这样。 我把你抱紧了，你推着我，握着又松开，你恶狠狠的。 你要我不许这样。 你吻我时总压着我的鼻子。"

　　我像被催眠，顺着她，按她说的做着。 我仿佛觉得当年也是如此。 那时，我还年轻。

　　"那天，你说自己不行了。 你说你得善始善终。 我说等你。 我说这就很好，和你在一起怎么都很好。 我们奋斗了一夜。 你说你觉得自己有点伟大的意思了。 我要你这样觉得。"

　　天快亮了。

　　"我就是林林，我也是林一。 我们都是你的。 我总是记着过去。 姐姐从不说你。 林一就是林林。 你别把我们拆开，求你别拆散我们，好吗？"

　　天亮之后的几个小时，我们躺着不愿起身。 林一忽醒忽睡的。 她说真困。 我找到了那颗痣，它黑得醒目。 她要我别骚扰她。 在草屋，我要她起床，老乡一会儿就来了，她说让他们都来吧，他们不好意思会走的。 后来，门被摇得像要倒下了。 她把头缩进被子，要我也缩进去。 你就别抽烟了。 我在敲门声中做完最后一节体操，对着门破口大骂，气喘吁吁。

　　时间很不分明。

　　她终于睡醒了，朝我伸长舌头。 我打她，要她起床给我弄吃的。

　　"想吃什么？"

　　"稀饭。 你能做出好极了的稀饭。 橱里有极美的乳瓜。"

"我从没熬过粥。 在家，都是妈妈和林林熬的。 林林才会熬粥呢。"

"林一，给我接通林林吧，我想和她说话。"我把电话机放在她身上，捉住她的手，将食指跷起，"你说，我来拨号。"

"你可真烦人！"她把手挣脱，拿开电话机，坐了起来。那颗痣十分醒目。"我就去熬稀饭。 那次，你吃了四碗，你说吃够了，吃得一辈子都饱了。 你却又饿了。"

我看着她赤裸着身子站在床上，将我的衣服一件件拉过来。 她将衬衫的扣子扣上，然后像汗衫一样从头上套下去。草屋里，她套上衬衫后穿上我的平脚裤又脱去，嫌卡其布太硬。 衬衫遮到她的大腿。 她在小镜子中端详了一会儿自己，挽起袖子，拖着我的鞋唱着去烧灶。

她把我的平脚裤脱了，唱着走下地去，找我的鞋。

电话铃响了。 我抓过话筒，传来的是忙音。

"妈的，我非把这电话机砸了！"

"哥呀，我帮你砸！"

饭后，和林一去看了场电影。 回来经过公园，她说进去走一走。 进去后她走到秋千架前，爬上去，要我推她。 我把她推得一左一右地摆动。 她坐在秋千板上，听我说写象的烦恼。

"有什么可烦的呢，不写就是了。"

她经常能一针见血。既然写烦了，那就不必去写它。然而既然想到了，不写更烦。我常常能看到那头垂死的老象，孤独地走在林莽，深深觉得对他不起。

"你的象死在洪水里了吗？"

"没有。"

"唉，死了就好了。"

"你死了就好了，林一，"我叹着气，"你还不如一头象呢。你死了连象牙都没有。"

"你不知道吗，"她吃惊地看着我，"我早已死了。我要活着，能来找你吗？我的确没留下象牙。象牙真是好东西。"

"你别他妈胡扯了！"

"没胡扯。"她要我别再推了，坐在秋千板上，拿住我的两只手，箍住她的脖子，"你掐呀，使劲掐，像当年那样掐。你掐不死我，你掐了就知道了。"

我像受了催眠，双手慢慢合拢。她柔软的脖子渐渐僵硬，硬到硌疼我的手。松开。

她一个劲儿地呕吐。

"你算是怎么回事，半掐不掐的。我难受死了，比死难受多了。你这个没用的东西，连死人都不敢掐。你当初要野蛮得多，不像今天的得奖小白脸样。我真是跟错人了，一连跟错两辈子。你叫我恶心。我连哭都不愿哭一声。还逼能呢，还装纯种小白脸呢，还嫩着呢，还粉呢，还他妈怪有情义的呢……"

"住口！我操了你！"

6

这故事被我搁了好几个月，这几个月我在忙别的事或干脆无所事事。打听过几次，总算摸到一点失踪的象的下落。听说雨季已过去，我便决定继续写他。

第五节最后的那些话是我刚才写的。写完以后，发现整个故事开始有了真正的情节。那天其实不是这样的。我推着秋千架上的林一，她怎么都荡不起来，反说头晕，这事就完了。她在下秋千前吻了我一下，我们就走出公园径直回家。一路无话。

当我把这段真正的情节给林一看时，她看着看着突然变了脸，无端地呕吐起来，像情节中一样，吐得死去活来。

她说："你的眼睛真毒。"

她不叫我删去，说，是这样。

在寻觅我那亲爱的小象的过程中，林一不时会闯来问一下结果。要是杳无音信，她便闷闷不乐。我变着法儿哄她高兴，她不理不睬。我不明白她的变化基于什么。过去，她常嫌着象。如今，虽说消息来了，但我并未亲眼证实，未让象的湿润的鼻端碰碰我的掌心。 在消息的鼓舞下，决定还是先将他的身世续写下去。 林一同意我的想法。 她同意一个星期不来找我，让我和象叙叙别后的想念之情。

我告诉她，象其实并未漂远。 在洪水中打了几个滚，呛了几口水，擦破一块皮而已。 树丛挡住了他。 他磕磕绊绊地上了高地，凄凉地打量着四周，想看到母亲的踪影。 无影无踪。

他走入林莽。

这以后，树木挡住了视线，看不见他的娇小的身影。 不清楚他是怎么活下来的。 等他再度出现，身体几乎大了一倍，但肮脏不堪，疲惫不堪。

洪水已退去。 原野上照样活动着众多的动物，似乎从来没有过洪水。

象在找寻象群。 他留恋在群中的温暖，留恋母亲的乳房。 没动物敢挡他的道。 这经历成为日后的漫游的引子。他一面觉得孤独得不行，一面又隐约感到孤独的魅力。 除了小鸟在他背上歇息过片刻，没有谁愿挨近他的身体。 象从来只和象在一起。

孤独中，他学会和自己说话。

那么多的水哪里去了？ 那么大的树都拔起来了，水是一头更大的象。 他走开了，和我一样走在陌生的路上。 他想不想念母亲的乳房？

有水的时候，为什么没有月亮？

他在一个水坑边照了照自己的面容。 在水坑里泡了一个下午。 鹿和狮子分别站在近处，不敢贸然惊破他的好梦。他翻滚着，让清凉细腻的泥涂遍全身。 他用鼻子吸了水，喷向狮子。 狮子连连后退。 四周的动物越来越多，如同围着斗牛场的观众。 象不免有点得意。 他甚至喜欢食肉兽目光中的敌意。

黄昏来临。

黄昏到来的时候，变出种种颜色。 渐黄渐红，然后全部发灰，发暗。 这时，我的月亮就升起来了。

象卧倒，睡去。

在我和林一斗嘴的工夫，象出其不意地疯长。 我问林一这是怎么回事，她说别管他，无论象干什么都别管。 她讨厌人对自然的干涉。 人应该多管点人的事。

"没有自然了，林一。 也许沙漠中有。 沙漠是最后的自然了，因为没人的缘故。 人是最不自然的，还叫自然也不自然了。 连我的象都不能自然。 但我竭力维持着，不叫他染上烟火。 在象的一生中，始终没见过叫人的两脚兽，也未被人见到。 他生活在一个假想的空间里，只有在那里，他才能自由呼吸。 我得小心着。"

"他被你看见了。"林一说，"你侦探般的目光始终跟踪着他。 他是为你才出生的。 没有你的目光，他没任何意义。"

"不是为我。"

"为什么？"

"没什么为我才开展生命。 生命是必定要开展的。 它自生自灭。"

"他寄生于你。 你左右了他的开展。"

"别说蠢话了，林一。 是他左右了我。 他使我和你做爱都不能专心，你没感觉到吗？ 他比我强悍多了。"

我们在厨房里说话。 林一说她是下面条的好手。 我承认不行，便在一旁观摩。 我靠在水池上一直看她把面条煮成糊糊，然后告诉她，本人虽然出身低贱，但向来不吃糊糊。

"将就着吃一回吧，吃过就不肯放下了。 我看见你有腐乳，那更好吃。"

"不。"

"别撒谎了。 在乡下时，你狠狠吃过一回。 你把嘴烫出了泡。 你说你从此信奉'糊糊主义'。"

"有这样的事？"

"接吻时，你说疼。"

我还是没有记起。 我凭什么要常常记起她说的事。

林一有点绝望。 她突然想起了一个细节，使我再也无法抵赖。

"那天，是你生日。"

7

有关林林的所有细节都在林一的掌握之中。 我记不住她记得的全部。 不过，最后我都承认了。 我怀疑这是暗示的作用。 林一是暗示的好手。 我对暗示十分敏感。

我几次对林一说，想上她家看看。 她住得远，许多年前我经常去。 林一说搬家啦，搬得更远。

"不怕呢。"

"不怕也不行。 我怕。"

我央求她还是去一次吧。 那么远的非洲，我都频频为探望象而奔波，我虽没一双健而美的腿，也不怕走路的。 我说我们租了车去。

"那你自己去吧。"

"给我地址。"

"没有地址。 我家有地没址。"

"别胡闹。"

林一终于还是陪我去了。

我没租车，租车太贵。 我有个朋友在开"大发"车，乐意帮忙。 他叫王宗福，很快乐的一个小伙子，总盼着能换辆"尼桑"或"奔驰"开开。 他开过八年出租车，对上海的大街小巷很熟。

王宗福是抽烟的，边开车边抽。 除此之外，倒不违反什么交通规则。 我不好意思只和林一说话，就与他扯扯关于大象的故事。 他笑我没事找事，人都写不过来，还写什么象。我要他别看轻了象。 象一晃脑袋就能将"大发"顶翻，象牙从这边进去，那边出来，人像蝴蝶标本一样钉在座位上。 小王说我吹牛。

"不是吹牛，老兄。 仅仅象皮就有一吨重，两只耳朵重八十公斤，那条鼻子一百二十公斤，两根长门齿一百零九公斤。"

"吃不消。"他说。

在行车过程中，小王经常看那面反光镜，从镜中看林一。 我问他们是否认识，他们说不认识。 小王答得比较有技巧，说好像在哪里看到过。 我介绍说她是我的女朋友，叫林一，她姐姐是我过去的女朋友，叫林林。

"你过去的那个不是叫黑皮吗？"王宗福认真地问。

"黑皮走了。"

我不很愿意说这些事。 小王似乎狡猾起来，他别有用心地问我女儿天天的近况，从头发、牙齿、走路三个方面询问。 问完，他朝反光镜看了几眼。

我告诉他，女儿天天非常健康，又描述了一番头发牙齿什么的状况。 我说，咱们这会儿是在写小说，写起小说来我就没女儿也没老婆。 我单独住在一间老房子里，有一顿没一顿地过日子。 要是不写小说，就没有林一。 林一是为小说而出现的，和我的象一样。

王宗福笑笑，说："你们这些人，搞不懂你们。"

林一也笑了笑，她说这会儿不怎么困了。她向我要了支香烟，把过滤嘴掐了，点上吐烟圈玩。一个个烟圈从她撮起的嘴里射出，翻滚着向前，罩住小王的脑袋后撞在挡风玻璃上碎了。我们在半道上休息过一次，喝了点饮料。再上车后，林一坐到前面给小王指路。天阴沉沉的，已经阴了半个多月。"大发"在迷宫般的巷子里钻来钻去，进入一处空场。小王说是铁路新客站的拆迁处，或者是黄浦江上游引水工程，或者是延安东路越江隧道工地。车轮几次陷入泥地，几乎不能自拔。在这个倒霉的下午，还换过一次车轮。王宗福非常耐心地将车一次次开进开出。林一终于说她糊涂了，认不清了。

我们都下了车。

我在废墟里找到一头粉红色的塑料玩具象，和我的那头一模一样。林一找到几颗扣子和一支发夹。她指着一块像上马石一样的石头说，一定就是这儿了。前天晚上还住了一夜，还和林林说好下星期一定把窗玻璃配好，怎么就成废墟了？

林一说着哭起来。

我劝她没用。小王说了一个笑话，说得她破涕为笑。

我没笑。我听得多了。小王这家伙说来说去都是怕老婆的故事，听多就笑不出来了。不过，他说起怕老婆来确实不错。

回家以后，林一急不可耐地去拨电话。拨通了。

"林林，我找不到你了。"

林一用背对着我，防我夺话筒。我走过去，把手放在她头顶上，她身子一颤。

好久。她把话筒给我。话筒里一片沙沙声，接着传出忙音。

"林林说，带着你，当然就找不到了。她说不愿见你。"

我把电话挂了，对她说，我知道了。

这天晚上，我们一瓶啤酒两个人分了，没做饭。上床后林一睡不安稳，在床上翻覆。我在写象的故事，被她搅了。

"好好睡吧，林一。好好睡。"

"不行。想到回不了家，我睡不踏实。没家，我成了什么了？我不愿求你让我住下。我明天就走，不回来了。"

林一有家没家，对我来说都一样。来了就住下，谁都不求谁。我要她别无事生非，此刻没情绪调情。我不再理她，埋头追踪我的象。他已走远。我的腿不好，他一旦走远很难追上。

象远远地看着我，轻轻晃了晃鼻子。然后，扇动耳朵走了。

我注意到许多年已过去，他长得魁梧而秀美。有次我握着他的鼻子，向他讲述自己的身世，他听得乐不可支。他将鼻子搁在我肩上，轻轻拍了拍，说我活得好生奇怪。 我对他讲到《简明不列颠百科全书》，他要我别去看那劳什子，象就是象，哪有那许多名堂。

我问象有没有谈过恋爱，他说还没有。 他以为恋爱是愚蠢的。 我对他说了些人的故事，如牛郎织女、梁山伯与祝英台，还有林妹妹与宝哥哥。 他听得直打哈欠。

象的青春期到了。 他常会发点无名的火，将树拦腰撞断。 他常常注意其他象的生殖行为。 我有点为他担忧。 然而，他真是一头气质高尚的好象，从不说下流话，对象们的色情故事也没兴趣。

母象不远不近地围着他。 他安闲地吃草。 一头有点年纪的母象走来，轻浮地用鼻子抚过他的背部和臀部。 他默默走开。

母象在发愣。

8

在这半年中，我曾许多次拿起写成半截的稿子重读。 这个故事注定是要写砸了的。 象一直不同意我写他，林林和林一也不同意。 他们不愿我把私交公之于世。

我很为难。

一天，我的朋友文非来看我，翻看了稿子。 她剃了个光头，很耀眼的。 说正在写一篇关于光头的小说，已写了三千

1212121212

字。 见我精神不济，说让我续写。 我没接受，怕日后在版权上发生纠葛。 文非剃光头确实很美，头皮青青的，惹人爱怜。 我顺手在她头顶摸了下，说和尚摸得我摸不得，她说我老不正经。 我也许将她得罪了，她要走。 我端来仅剩的那点可口可乐，她不喝。 她说回去等电话。 我给她抄了首等待友人信息的歌，让她等苦了就唱唱。

我求她给我说点儿象吧。

她说，有些人是猴子变的，有些人是蛇变的，有些变自鱼或知了，也有象变的人。

文非走后，我把她的话告诉象。 象想了想，说，怕是这样。

在我的回顾中，另一个缠我的是林一。 我已写了两万多字，仍没法妥帖地安排她。 林一不以为意，说这就很好，她才不在乎，她才不要什么妥帖。

我总觉得创造林一的过程中出了毛病。 写文章一出毛病，再写下去就极不痛快。 林一见我烦闷，躺在我身边细声说话。 她要我别压抑了自己。 录音机止放着巴赫·古诺的《圣母颂》，这是首连好姑娘都唱不好的纯洁的歌。

"你怎么修改我都行，我听你的。"

"你怎么会听我的？"

"告诉你，我怀孕了。"她将我的手拿去放在自己宽阔平坦的小腹上，"你和我找家的那天，我知道自己怀孕了。"

"是我的孩子？"

"是你的。"

我立即决定那天我们并没去找那幢隐去的房子，这样她就不怀孕了。 我还决定我俩从未进行过那种愉悦而庄严的运动。 我们接吻、拥抱、爱抚，但不曾性交。 我们没有同时到达那种高度。 我建议林一重当姑娘，将欲望管制在恰当的水平。 我愿意重新开始。

"我当然是姑娘。"林一说着穿上衣服，从床上退下。她贞洁得感人。 我注视着她的脸。

"想到不必怀孕，我轻松多了。 灾难应当在这一代结束。 你编了那么多的下流故事，说林林和我哄着你一次次做什么体操。 你知道没有才编的。 你为自己的心理平衡在编着。 你明白，没有林林不会有我。 假如我是林林，我就是偿还你非人的爱。 假如是林一，我为的是复仇。"

"我懂。 我在等着。"

"想到早晚得杀你，我就睡不安宁。"

"那不必了，我自己去死。"

林一的脸由贞洁温柔变为充满敌意，听我说"我自己去死"，她激动了。

"你还想毁了我吗？ 不杀你，我干什么呢？ 绝不能容忍你的自杀。 我杀你，不是为了让读者觉得刺激，我才不要什么读者。 假如我是林林，杀你便是报恩。 假如是林一，是为林林而报恩。 你必须将自己留存着。 你是我们的。 你创造了我们，我们也创造你。"

"创造是很累的事。 上帝都曾经被累着了。 林一，想到我得创造创造我的你，我已经累累的了。"

"比杀一个人更累？"林一尖刻地问，"比杀林林更累？"

"是的。"

"还有更累的事吗？"

"有的。 等待被杀，是更累人的事。"

"我也在等。"

想到一个姑娘将担负起如此沉重的使命，我为她难过。我把手伸给林一，她握住。 我们都看到结局了。 我们为不得不开诚布公而轻松，而难过。

"也许会有别的结局，"林一说，"你的小说从来都这样。 在这篇《象》开始时，你眼睛里只有象，没有我。 有我之后，并没想到要杀人与被杀。 你第一次见我就缠上我了。"

"既然想到了，那就一定会杀的。"我平静地说。 我感激林一的善意，但我不企望侥幸。

"你可以再次修正我，只是别把我写得和你过去的姑娘雷同了。 你写过许多雷同的姑娘，她们总爱像我现在这样说话。 她们爱你，护着你，又有点忧郁。 我要你修改我。 我比她们有出息。 是我对你怀有敌意。 这双握着你手的手会做出不人道的事来。 这几天，我发觉自己的前身恐怕是象。

我愿自己是象，和你的象一样，只生活在丛林。 你就这样修改我好了。"

"我得再想一想。"

"那么睡觉吧。"

关灯前，林一吻了我，然后用充满敌意的目光逼视着。我将灯关上，在她床边的地铺上睡下。 看不清她在干什么。

我过了很久才睡着。 不习惯了？

半夜，我起来接过一个电话。 她要我照顾好林一，珍惜林一。 她的声调温柔而恬静，我想她必定是林林了。

听完电话，我睡不着，独自抽了几支烟。 我在想林林的事。 我想不清林林是否也出于我的想象。 然而记忆中有着她的好几种结局。

我坐在床边，将手加在林一的额上。 她睡得深沉安详，一如当年的林林。 林林的结局中有过这样的一个夜晚，那个没有灯光的夜晚。 那是个黑色的夜，黑得如同象出生前的那一刻。 我抚摸着她的双手。 我爱林一，包括爱这双将终止我生命的手。 她的手瘦而弱。 我愿将自己的手换给她。 我的手有力也有经验。

突然，我发现林一正怒目圆睁。

从那天起，我勤奋工作，想赶在那个时刻到来之前写完本小说。 林一变得沉默寡言，总穿着白衣黑裙，幻影般地走动。 我找出《聊斋志异》给她，她脸不变色地接过，坐在床上也就是我的背后读了起来。"这里的故事都是真的。"她说。 我没理她。 我开始向非洲跋涉。 半道上回过一次头，发现林一已无踪影。

见到象后，我情不自禁地对他讲述《白蛇传》的故事。象问我这故事可是真事，听我回答是传说，他立即毫无兴趣。 他要我讲真的故事，讲人的历史。

我从火讲起，讲到"星球大战"。

象安静地听着，听到激动时就打个响鼻。 在这漫长的时间里，他掉过几次眼泪，有次竟哭得泣不成声，直用鼻子去抹泪。 当时，我正说到畜牧业的产生。 他哭了许多时候。哭完，坚强地让我继续说。

"为什么只有你们人的历史呢？"象严肃地问。

我告诉象，我为人类觉得惭愧。

"你们就会惭愧。"

我为我们就会惭愧而惭愧。

听完人的历史，象瘦了一圈。

每天，象总比我醒得早。 如果将时差考虑在内的话，则是我看象醒来。 太阳先经过我的头顶，然后再移向非洲。非洲的正午烈日炎炎，能将厚厚的象皮晒透。

象们将泥土撒在背上。

我的象生活在象群中。 他母亲又生了小象。 象群逃过了人们的视线，活得默默无闻。　无始无终地觅食、漫游、嬉戏、生殖、哺育。

还有死亡。

象亲眼看见一头少年公象的死亡。　他被一株枯朽的倒木击中，压垮，无力挣脱。　象们齐心移走枯树，用鼻子将他架起。　才放开，又跌倒在茅草上，痛苦地呻吟。　象群围在四周，直到他死去。　他们找来树枝，将他掩蔽。　丛林里耸起一座山。　众象在山边守候了两天三夜，方才离去。

月亮高悬。

这就是死吗？象问自己。

原来，还有这个叫"死"的东西等着自己。　死太容易了。　每头象都得经受一次死。　死就是不理不睬无情无义。死就是这样的一座山。　我也会造成这样的山。

象颓丧地伏着，不想再走。　那头当年卫护过他的母象用鼻子轻轻驱赶他，鞭策他。　他不愿走了，既然走来走去都得死，不如现在就是一座山。　趁活着，还能听见象们的惋惜和抽泣。

象群沉默着走远，只有树枝折断的声响。　狒狒阴沉着脸，恨恨地望着。

母象挨近他的身边："起来吧，我的孩子，我的男子汉，你必须起来。　象从来没有这样死去的。　象固有一死，或重于乞力马扎罗，或轻于茅草。"

象拍了拍耳朵，不动。

母象在他身边挨着，轻轻地摩挲他的身体，一遍又一遍。象静静地接受了，渐渐感觉到自己皮肤的美。他用同样的摩挲回报母象。

象站了起来。

"不要慌忙，我的汉子。"母象温柔地说。她静立着等待，知道他会做对的。她要自己承受住无以复加的欢愉。

此处省略三千字之后，象从容镇定地退下。他觉得强壮、充实，美好得不可名状。他轻拍母象的肩背，将她拢在自己身旁。

死亡是不可能的，他想。

9

在我的这个越来越复杂的故事中，林一始终是个谜。无论在先前的你欢我爱还是后来的恪守贞洁、图谋复仇，林一都呈现不可捉摸的朦胧。事到如今，我已无法操纵故事的进展，只能由它自己前进。我不知哪里是终点。

我愿意这个象的故事最终能还原到非常简单，简单的故事才是好的故事。我曾经怂恿自己去写侦探小说，练习讲述的次序。假如这是探案的话，那么主要情节已全部推出，结果已不可更改。不过，还是有差异。本小说直到故事结尾，很可能既找不见凶手，也没有珠宝的失而复得。那两支美丽得令人垂涎的象牙依然牢牢长在象的牙床上，比虎口拔牙还难办。 这是一个令人扫兴的好故事。

不过，我还是准备将这个有故事以来最杰出的故事讲下去。 我尽可能将它讲得不悦耳一些。 以往，我提笔写小说总是急急匆匆，这次是个例外。 太急是讲不出好故事的。

讲完这个故事，不光为了答谢阿城君的赠书，也为了将借来的另外三本寄还红子。 这书是公共财产，长期占着很不妥当。 除此之外，我是为了找寻内心的安宁。 我想写写林林。 她是这篇小说真正的核心。

没人比我更明白，这辈子我不会再见到她了。 小说写成后，我将委托林一送她一份手稿。 林一会同意的。 她知道我和林林之间的一切事情。 她知道我的怀念。

林一时隐时现。 每次用钥匙开门，我都焦躁不安。 我怕她出现还盼她出现。 她能整日不和我说一句话，而在阅读《聊斋志异》或别的小说。 她将克里斯蒂们的小说堆满我的书桌，书中夹着些小条，小条上做着奇怪的标记，我猜不透她的意思。

"这些书，你都一一读了？"我若无其事地问。

"是的。 精读。"

我告诉林一，我只爱那本《豺狼的日子》，电影不行，小说不错。 豺狼使杀人上升为艺术，其余的这类小说全不值一提。

"那是你们男人在做梦。"

她说，有哪个男人比得上克里斯蒂呢，她工于算计，分寸得当，而且杀人杀出浪漫气息。 她是天才。 说到这里，林一双目熠熠生辉，犹如正进行着某种操作。

林一反常地关心象的命运，叮嘱我别把象糟害了。 她买来许多香蕉，要我捎给她的长鼻兄弟。 我照办。

我避免和她说到林林。

每次从非洲归来，林一都占着我的房间。 她唱歌，一直唱到我将钥匙插入锁孔。 送完香蕉的那次，没有歌声。 我有点失望，再想也好，我乏透了，只想睡上一觉。

进屋后去厨房喝了杯水。 水味正常。 我相信林一不会下毒。 洗去脚上的泥，我倒向床板。 随即吓得跳起。

我几乎看见了林林。

她盘腿坐在床角。 借着窗外的路灯光，只见她面色惨白地微笑。 她穿着当年的旧衣裳，干净。

我要晕过去。

细听又有声音，是她的唱：

> 没有阿妈的女儿呀，
> 谁也不要去理她，
> 女儿没有了阿妈呀，
> 是会缠人的呀。

我躺下，枕着林林的腿，把眼睛闭上，把嘴也闭上。 我心跳不止，等待她的宣布。 一切故事都将发生在这个夜。

我枕着林一。 她手在我头发上抚过，然后将我推到一旁。 我躺着，枕着自己的手臂，闭眼闭嘴，等候她的宣告。

林一反复吟唱。

夜很深很深的时候，林一说：

"今天是林林生日，也是我的生日。"

那个晚上，没睡地铺。 我和衣躺着，不想动弹。 林一就在床上脱下林林的旧衣裳，换上睡衣。 我背对着她的背，没能睡着。 我感觉到她在哆嗦。

她翻过身，将手伸向我，手在发抖。

我抱住她。 她整个身子颤抖不已。 我听见她泪水的滴落。 她的使命让她为难了。

"不要了，林一。 等你准备好了，能将事情干周全了。 再等一等，我总是你的。"

"不！"

她继续解着我的衣扣。

"那就为了象吧，那头吃了你香蕉的象，你的弟兄。 我的死会株连他的。 你就为了象再等一等。"

林一放开我，使劲哭着，穿上睡衣。 她哭到天将拂晓才睡去。

我一夜未睡，在搜寻关于林林结局的记忆。

在听完人类历史之后，象似乎食欲不振，连一向喜爱的水果都吃得很少。 我要他别学人类减肥，那是乐疯了的人想出来的无聊玩意儿。 象摇摇头说并不是那回事，只不过不想吃罢了。 我断定他患了"神经性厌食症"，一代歌星卡伦·卡蓬特便是死于此病。 象要我休得危言耸听。 人是象的仇敌，象不会和人死于同一种原因。

"你说过，从前，在你们中国的河南省也是有象的。 那些象哪里去了？"

"死了。 死光了。"

"就死得剩我们这些吗？"

"差不多是这样。"

"你们人呢？"

"人多起来了。 有五十亿。 每天出生二十二万人，比全部象多许多倍。"

"这公平吗？"

"不公平。"

象苦恼极了，和他的苦恼相比，我们人的苦恼就有假惺惺的味儿。

"你们是地球上最不公平的动物。"象用鼻子指着我说。

"恐怕是这样。"

"你们就不怕象的报复？"

"象没法报复人类。"我说了点关于兵器的知识，"象对人类最大的报复，是全民族全种族自杀。 此外，象无法惩罚人类。"

"我要是杀了你呢?"象咄咄逼人地问,"就现在!"

"两军交战,不斩来使,"我慌忙说,"我只是五十亿分之一,你杀我无济于事。人比你们会繁殖多了。"

"那么,人就没有敌人了吗?"

"有的。人的敌人是他们自己。他们很快会被扩展到六十亿,一百亿。人对付人比对付象残忍多了。"

"罪有应得!"象严正地说。

夜深人静象也入睡的时候,我会想起一两件往事。我能清楚地看到林林的象形卷笔刀。那是头绿色的象,不长獠牙。林林死后,我翻检她的遗物,却没找到。

按照比较温和的记忆,林林并没去世。我的手依然清白,不必一天十余次地洗。她退回上海。她的退叫"困退"。父母身边没子女,政策允许回城。回城后我和她失去了联系。以后,我也回了城,没去找她。

另一种回忆是她仍在乡下,和农民结了婚。据说她要求去考大学,被丈夫打了一顿,又被儿子哭得心软,遂叹口气作罢。这么说,她现在仍在那儿,继续耕耘。或者当了专业户,养着长毛兔或地鳖虫,跑点运输,开爿小店,踩踩缝纫机,做点豆腐,炒几个菜。自从离开那里,我已久久没和老乡通个消息,不知道究竟。

陷于回忆时,我总愁眉不展。我把什么给辜负了。在几种回忆中，我倾向于有血腥气的那一个。 这是干脆的故事。 也就是说，林林终于还是死去了。 她只活在给林一打电话的时刻。

我把所想的告诉林一。 林一要我再做这种噩梦时掐一下自己的腿。 她告诉我，林林生活得美满，"你别去惊扰她。你已经误了她一次"。

我点点头。

过了好一会儿，林一说："其实，我怎么知道她幸福不幸福。"

自从林一重当姑娘，我经常陪她看演出。 她不爱听室内乐，偏爱的是协奏曲和歌剧。 她说是她陪我。 说法不同，其实是一样的。 休息时，她走出场子，直到重新开演都不进来。 我和旁边的那个空位上的包并排坐着，并排到散场。她在剧场门口站着，等我。

"我有事去了。"

"那就去吧。"

"我的包呢？"

"在我的包里。"

"你还我。 快还我。"

回家的路上，她将包抱着，样子很傻。 她像抱个私生子，又爱又怕，模样的确狼狈。 到家了，她的胳臂还僵着。

"你该放松一下了，你的宝贝丢不了了。 放下吧。"

林一如梦初醒地将包放下。 我问能不能看看，她说拿来就是给我看的。

包里放的是林林的两本日记，是我写给她的一百零一封信。

"你哪儿来的？"

"林林给的。"

重读自己的信，意识到毕竟老去多了。 当年，我像象一样年轻。 也许，还像象一样不可征服。 第一封信写了一个别人的故事，那对伙伴莫名其妙地结识，又莫名其妙地走失。 我断言他们必定会重逢。 然而重逢之日，彼此均锈迹斑斑，就不再相认。 我似乎想在信中弄上点哲理与玄虚，想不平凡，想预报什么。 第二封信开始，写得更像信一些。说了点一个人想念另一个人为之蠢头蠢脑一类的事。 引过一些先哲后哲和诗人骚人的语录，越引越少，最终只剩自己的自说自话。

读信，像在读一个他人的故事。 我的字越写越糟了。信上的字迹含情脉脉的，虽不匀称潇洒，倒像个未谙世故的好少年。 如今四脚八叉了，一种做作的野。

林林日记的扉页是她的照片。 和今天的林一没有区别。我手在照片上抚过，抚过她的眼睛和头发。 她宁静地望着我。

"你好吧？"

"别说装傻的话了。"

林一说着将日记本合上。

我看着林一。 手在她头发上眼睛上抚过。 她漠然地睁着眼睛。 我的手顿时停住，收回。

10

丛林的夜并不安静。 它暗得发蓝，从或远或近处传来食肉兽的响动。 要是没我的朋友象伴着，我会恐惧的。 象用鼻子玩了一个很花哨的动作，嘲笑我的不堪。

我们吃着香蕉，闲谈。

我说到死亡，象扇扇耳朵表示过去了。 他体内蕴藏着无限的生机。 他说他能造就象的民族。 他指望我夸夸他的生殖力。 我不。 他实际上并没任何这方面的兑现。 所有的经验仅限于和那头中年母象仅有的一次。 仅仅一次就将他点燃了。

他问我林一怎么没来。 我说这是男子汉的谈话，无需女人介入。 他说他分不清人的雌雄。 我教他看嘴的四周有没有毛，他说那算什么毛，这种毛也能看清吗？ 我又教他看舌头，舌头长的是女人。 他说人的舌头都很长。 他说人太无聊。

吃完香蕉后，象对我说，他要去做件非常要紧的事。 他要寻根。

"象也有根吗？"

"为什么没有？"

他说要寻找父亲。

当夜，象就开始了他的寻找。 他挨在母亲身旁，让母亲回忆谁是他的父亲。 母亲睡意正浓，要他别来歪缠。"象还有什么父亲呢，所有的成年公象都是你的父亲。 在象的世系中，公象是没份的。"他沉默了，觉得悲伤。 他也是头挨不上世系的公象。 他的孩子也将不知父亲为何物。

我安慰象，说父亲的问题并不要紧。 他愤怒地将我一鼻子举在半空，威胁说，要是再乱插嘴，非抛了我不可。 象的事情用不着人来捣乱。 人反正是知道父亲的，连私生子都有父亲。

他将我放在他的背上，要我自己爬下去。

我决心再插一句，对他说，要是公象们肯合作，我就为他们验一次血，这样会找到的。 人类中也用这种方法。

"象用不着这种方法！这太猥琐。"象气愤地说，催我快爬下来。

你这头笨象！你他妈的白长了这么大个脑袋！你一辈子休想找到你爹。 你妈是浪妇，浪得谁是谁都忘了！

我边在心里咒骂，边滑下象背。 象背太粗糙，擦去我小腿的一块皮。 象歪着他又蠢又大的脑袋，看我笑话。

"你在骂我。 我嗅出来了。"

"是的。"

"我说过人的舌头都很长，你便是最长的一个。 象宁愿打架的。 扔出你前爪的套子吧。"

我立刻想到林一。 我在想，是不是要在心里和她告一下别。 我生命的终端原属于她。

"扔出套子来吧。 我不打你，却让你白打，直到我被你打死，或者你活活累死。 不过，不许你骂象。 打尽管痛打，骂是不行的。 舌头再长也不许骂。 和象玩要服从象的规则。"

我断定今晚只会累死。 我不打他。 宁可一头在象腿上撞死也不打。 他的腿可供十个人同时撞死。

丛林中闪过一个庞大的影子。

"不愿打就回去吧，我的朋友。 你们欺软怕硬，不光彩。 哪天想打了再来吧。"

象说完，小跑着去追那个影子。

被他羞辱，我再没闲心去追踪象了。 我甚至卑鄙地想到了枪。

枪！

自从认识象，我就极想刮一下他的鼻子。 这是使不得的。 象虽宽厚，也绝不能容忍刮鼻子的轻蔑与轻薄。 象是有强烈自尊心的动物。 我尊重象的自尊。

我为象花去许多时间，甚至改变了作息习惯，以期和远在非洲的他同步。 林一被我坑了。 她对这种日夜错乱的生活极度反感。

深夜，当象安闲吃草时，我就无所事事了。 象舒展长鼻将草连根拔起，在前腿上捧净泥土后抛入口中，其动作漂亮得就如美国职业篮球队的扣篮。 象举止高雅，从不去剥食树皮。 我能这样一连看许多小时。 我看着象，注意着身边林一的动静。 她在梦中也咬牙切齿。 她颀长美好的颈项横陈在我手边。 我抓住自己的手。

那天以后，林一不再答应我睡地铺。 她要我和她睡在一头，而且脸对着脸。 她辛辛苦苦地诱惑我，用眉目和身体打动我，用我的同情心分解我的意志。 林一甚至激怒我，以赢得我的蹂躏。 我生活在地狱之中。

林一的表演并不出众。 她无法掩饰固有的自己。 她急切地想得到复仇的机会，不择手段。 我经常被迷惑，被激怒，在一切看起来无可避免的时候，象突然插入，将一鼻子水没头没脑淋下，我立刻半途而废。

这是我事先要求象的。

"想到自己要去杀人，想到杀的是你，我宁愿被别人被你杀了。"林一说，"你反正不清白了，一次和十次是一样的。你渐渐会杀出快感的。 就等你了。"

林一的邀请是这样真诚，不由人不动心。 杀人也许是有快感的吧，不然为什么要惩罚呢？然而我还不能如此潇洒。林一与我之间的谦让，在我看来只是一种躲避。

我相信，最早的杀人都是用手。 以后才是棍棒刀枪等等等等，才是语言。

我们逐渐形影不离。 不设防。 彼此相处得异常坦率。我们没有秘密。 林一停止诱惑和挑衅。 她更换内衣从不避我，有时也一言不发地走进卫生间为我擦背。 一切都很自然。 没有分内与额外的冲动。 我们睡在一张床上，各不相扰。 她告诉我她是处女，我告诉她我不是了。 这其实一样，她说。 要是倦极了，我们也拥抱一下，很快就分开。这种时候很少。 我再次问她那个老话题，问林林和林一，林一说：

"你真傻，我要是知道，早对你说了。 你这个人好不明白。"

我们生活得安闲、协调。 有笑声，有善意的讽嘲与刻薄的自嘲，有默契与心领神会。 日子好像就永远这样下去了，一成不变地直到永远。 有一度，我们都信以为真。

但是，频频做着噩梦。 每夜必梦，每梦必噩。

早晨，我睁开眼睛，看着正看着我的林一，她眼睛里有冷漠的迷惘。

我编造了一个结局：

我在拂晓时突然醒来，一眼看见跪在我身旁的林一，双手举着一支巨大的象牙。 她象牙色的睡衣在抖动。 象牙尖对着我的心脏。

"怎么了，林一？"

"林林是怎么死的？"

"你不是说林林没死吗？你说她活得十分幸福。"

"是怎么死的？怎么死的！"

沉重的象牙压下来。我感觉到左胸的肋骨被挤到一旁，接着听到它折断的声音。心脏被压出凹来，跳得又急又乱。

"说呀！"

我抚摸了一下冰冷的象牙，和她扶着象牙的冰冷的象牙色的手，将那个故事叙述了。说完，心脏轻松了。

林一点了点头。

"是这样。"

"林一，那么，你杀呀。"

"我杀……"

"杀呀，林林，你听话！"

"我听话——"

我看着完美无瑕的象牙压下来，刺破胸膛。血溅上她的手脸和睡衣。象牙被玷污了，如脂如玉的象牙。心脏感觉到象牙的凉爽与光洁。我及时死去。

我被钉在大地上。

林一在我身边躺下，默然无语，睁大美好的眼睛。

我的朋友象走来，默悼片刻，扔下枯枝，一次次扔下。将死去的我和活着的她掩埋。巨大的象牙，如墓碑立于枯枝之上。

象牙上的斑斑殷红，是永恒的碑文。

11

我再次发觉，本小说可以在此再次结束。 时至现在，本小说甚至有几十次结束的机会，我均未利用。 这次同样不利用。 见好不收是我的创作原则。

我不配有如此善与美的结局。

在被刺杀的那个拂晓，我突然醒来，很奇怪自己如何还醒得过来。 林一不在了，床角是她折叠齐整的象牙色睡衣。睡衣上留了条，说林林有事把她叫走了。 这么说，是因为林林，我不幸免去如此美好的一死。 读完纸条，我深深苦恼，林林又一次把我坑了。

我心里清楚，自己的这辈子彻底毁在林林手里了。

然而我不想哭。

林一这一走，许多天没出现。 细细想想，事件已经开始。 她取来日记和书信，让我重温旧事，便宣告大幕已经拉开。 林一一变而通情达理，又是一种证据。 然而我嫌这进程过于和缓，我热爱突发事件。

林一走了，我寂寞。 我有虽生犹死之感。

那个叫阿城的人据说去了美国，我见到过一张他的照片，发福多了。 中国人一吃西餐都要发福。 报上说他的父亲仙逝了，据说他回来奔丧，丧服未除又去了美国。 红子已有一个多月没有来信，也没有将要来信的预兆。 她的最后一封信是说被一个干尽坏事又坦白到襟怀坦白的小伙子感动了。 我去信问她是否有当一回卡门的意思，此后便绝了消息。 上海国际艺术节过去了，见到文非便不容易了。 她一天得赶许多场子，在大场子中还频频赶小场子，连光头都没空去再剃，就别说和我坐坐了。 定下神来的时候，是很想再摸摸她的光头的。

我的朋友只剩下象。

象不记仇。 我一再得罪他，我所属的人类得罪了他们，他并不以牙还牙。 他关心我的腰腿，每次总用鼻子为我按摩一阵，这是我最感舒适的时刻。 我给他看了时刻不离的药瓶，告诉他中西医都看过了，不仅无效，还日甚一日。 我已不能举头望明月了。 象长长叹息一声，问医生是什么东西，我解释了，他直摇头。 他劝我放下架子，仍用四肢行走，这样一定不治而愈。 我试了试，果然不疼而且灵巧多了。

"但是不习惯，象，人已经直立了许多万年。"

"你们不直立的年头更长。"

我请他吃香蕉。 他问我香蕉是不是又涨价了，让我别再买它。

我告诉他，我经常有点稿费。 假如勤快一点，香蕉还是吃得起的。

"你写我也有稿费吗？"

"也有。"

象大笑不止，他觉得这稿费真是稀奇。 他让我多写点，写出香蕉后一个劲儿地吃，吃到腹泻。 他觉得给我钱买香蕉的人真是笨蛋。

象在追踪一个少年母象。 她即将成象。 提到她时，象十分腼腆。 象征得我的同意，为她送去香蕉。 他懂礼貌了。

他们整日整日在一起厮混。 一起进食，一起入睡，一起戏耍。 他们勾着鼻子试过拔河，结果反是母象赢了。 象类不便于接吻，也不拥抱，他们亲近得总想挨着。 我的朋友象征性地爬上他的姑娘的背，随即退下。 她也如此。

"她是处母(处女)。"

"象也讲究这个？"

"不。 我讲究。"

"我的朋友，既然如此，不幸就要降临了。"

"哪能呢！"

象充满幸福感。 他风度翩翩，精神得像西部牛仔。 他对我的预言置若罔闻。 我劝他冷静一点，现实一点，放弃一夫一妻的妄想，他顿时不悦。

"我的朋友，你不必说了。"

这个笨瓜！

在一次远足之后，象来找我，要我说一下性的知识。 我尽自己的所知告诉了他，并问他是否需要避孕器具，我可设法去定制。 象冷笑一声，说做人可真腻透了。 他诚恳地说，目前还不想性交，他要等待，等他的姑娘为他长大。 他不想伤害她。

听着他的话，我只能点头。

象站起来，拍拍身上的泥，说要走了。 他请我原谅。"你也爱过，你知道的，"他说，"再不去，我会死的。"

他轻快地跑远。 我忧心忡忡地望着他一颠一颠的后影。

我的朋友分明是在造反，却无忧无虑地安排着前途，我认准祸事不远了。

象极其温柔地对待他的姑娘。 他做得非常出色，像骑士也像绅士，而且不失丛林的风度。 他的姑娘报之以娇嗔和开朗。

面对众多母象别有用心的挑逗，象常常压抑得仰天长啸。 他觉得受不了时，就沉下脸走进河里，让河水帮助自己冷却。 他苦苦地等着，等待他的姑娘为他长大成象。

也许，自有象以来，还没有过如此不俗的一对青年象。人类中的梁山伯与祝英台、罗密欧与朱丽叶也会惭愧的。 我被深深感动。 我对象说，准备修改他的经历，让他和中年母象的那段往事一笔勾销。 象轻蔑地打了个响鼻，说这种把戏只有人才干得出来。 他声明象是不忏悔的，显得敢做敢当。

我稍稍羞愧。

象和他的姑娘并不咬耳朵，传纸条，做手势，挤眉弄眼。 他们亲昵得堂堂正正，终日嬉戏而不知疲倦。 他们常常离群去远足，不辨方向地乱走，直到兴尽倦极而归，归来便抵足而眠。 他们双双逃夜，在月亮的照拂下，无烛夜游。

年轻的象们异常羡慕，蠢蠢欲动。

老象告诫后生们，万不可学那两个二流子的榜样，会遭天谴，遭祖宗咒的。

他们回来了，从不知哪里擦来许多颜色，将身体弄得像"朋克"，五彩缤纷。 他们在醉果林中吃多了，步态不稳，十分滑稽。 象一屁股坐在湿地上，唱了起来。 她在一旁用鼻子打着拍子。

> 曰遂古之初，谁传道之。
>
> 上下未形，何由考之。
>
> 冥昭瞢闇，谁能极之。
>
> 冯翼惟象，何以识之。
>
> 明明闇闇，惟时何为。
>
> 阴阳三合，何本何化。
>
> ⋯⋯⋯⋯①

---

① 引自屈原《天问》。

12

　　本小说已接近尾声。 作为作者，我在犹豫是不是要学侦探小说，在最后添上个理清全文脉络的长篇说明，使亲爱的读者更加眼明心亮。 这一手是很管用的，可以避免"看不懂"的抱怨。 记得在论述什么是小说家时，有种十分智慧的说法：

　　就是将别人的故事讲给别人听，然后向别人要钱的人。

　　可幸的是我在说自己的故事。 为写本小说，我费去半年之久，其中不包括收集素材的时间。 这是极不经济吃不起香蕉的写法。 我不仅无利可图，还眼看着即将因本小说搭上性命。 从没有将自己也赔进小说的作者，我是第一个。 这倒是事先不曾料到的。

　　尽管如此，我依然无意让读者吃药。 那种引人入胜的解说词之所以迟迟不出笼，是因为连我都糊涂了。 时至此刻，我还是想不明白林林的生死存亡，想不清她和林一是否一身而二人，也许，她们都是幻象。 比较清晰的是不曾修改的象的故事，它至少是连贯的。 不过，我早已说明，象的故事是我臆造的，而我则实有其人，阿城、文非等都可以为我作证。 这样说起来，我其实是他们与林一及象串通起来臆造的东西。 我之所以从创作谈写起，之所以一再公开我的写作过程，无非是招供，这是一个不含有任何真实的故事，一个到处是破绽的故事。

我写过破绽较少的小说，比如《玩笑》《日出·印象》《故事》。 那样的小说换香蕉比较容易。

世上本来是有故事的，写下来就没有故事了，写下来就不真实了。

我拍拍因我的想象而存在的林一的脑袋，告诉她，失去想象我就是白痴。 林一点点头，表示理解。 在这件事上我们有共同语言。 她鼓励我继续幻想，只是别把她想得太好。

"你的动机不纯。"我说。

林一承认了。 只有幻想在继续，她才可能维持生命。

这半个月，我天天有无名低热，不超过三十八摄氏度。本小说就越发不清不爽了。 我还在写，但写得更慢了。 林一给我买来西瓜，我摸着瓜的脑袋，像在摸文非的光头。 林一自称是挑瓜好手，这我相信，林林当年种过一茬西瓜。 我没说谢就将瓜吃了。 林一在一旁观察我。 我十分坦然，以她的性格，决不会去杀一个半死不活的人。 这些天是安全的，她在等我康复。

林一收拾着瓜皮瓜子，劝我将小说收起来，不必操之过急。 她说，只要我常常想起她，她就不会消亡。 人活着，该发生的事总会发生的，不急。

"林一，我要是烧糊涂了，"我说，"会把你丢失的。"

"丢失就丢失吧，"她将瓜皮朝窗外扔出去，"还会有林二的。 你记住了，你生是林家人，死是林家鬼，你算是被缠上了。"

　　这些姓林的姑娘似有愚公移山的劲头，我愿事情就此了结。 犯不着再去毁了一个姑娘。 我已剩不下多少激情。 我愿自己是象。

　　林一把侦探推理小说都收了起来。 她在读我写的《蓝色》，读得泪流满面。《蓝色》写的是一对情人的分手。 我将手稿送她，她收了。 我很想再送她点令人高兴的什么东西，一时想不起便罢了。

　　"别哭了，林一，你何苦和我一样，为一个不能存在的故事而哭。"

　　"我们各人哭各人的。 没人和我一样。"她擦去泪水，"现在，没什么可哭泣的了。"

　　烦闷了，我就将自己流放到非洲。 为象而喜，为象而忧。 林一找不到我，便频频朝那里发信，要象先生转交。 象是文盲，连阿拉伯数字都不认识，他的种族没有文字。 他接到信，将它翻来覆去地端详，说你们还真有这么些名堂。 他对邮票很感兴趣，苦于看不清楚。

　　我用树枝在地上写了一串大大的"象"字，排列出中文里"象"从甲骨文到仿宋体的演变。 我将读音和意义、引申义一一告诉象。 他学着发音，发出了"夯"的音，很好笑。 我让他在这许多字中挑一个喜欢的，他鼻子一指挑中了隶书。 象的审美趣味接近唐朝，追求形态的丰腴。 他对林一极为不逊，认为这种茅草般的体形是最丑的。 他用鼻子弹了弹随信寄来的照片，说林一和我正好一对。

一头成年公象朝我们跑来。 他低着头，鼻子上举，扇动耳朵。 象赶紧要我避开。 我也看出来者不善。

摊牌的时候到了。

我退回自己的家。

腰一阵阵疼痛。 我扶着墙进屋。 迎面站着林一，她没扶我，冷眼看我朽木似的倒在床上。 她过来，问我要不要喝水。

我要了啤酒。

林一从来不称呼我。 细想起来，竟不知她如何能回避了称呼。 她说是跟林林学的。 我问她还想向林林学什么，她不肯回答，说我会看到的，让我等着。

打从那次刺杀未遂事件以来，我总做噩梦，眼看着自己将被亲手缔造的小说主人公杀死，心中百感交集。 林一是鱼死网破，杀了我也就是杀了她自己，她不在乎同归于尽。 我要自己也别在乎。 我罪有应得。

我无意就彼此的生命与林一进行任何谈判。

假如我狡狯一些，尚有拖延的办法来苟且偷生。 只消将本小说扯成长篇八部曲，每部再分上中下三册。 写到无疾而终，留待高鹗先生去续，也给世人猜个谜，送若干子孙一个饭碗。 然而我盼望报应。

当年，我木然的手从林林颀长美好的颈子上松开时，盼的就是这个。

我要林一成全我。

我将小说交给林一续写，允许她随心所欲。林一回绝了，理由是林林没干过这个。我说，那就修改前文，让林林也写一次小说。她说："无论你怎么改，林林心里明白，她没干过这个。你不能强加于她。你就自己来收拾吧。"

"林一，别再提什么林林了，我烦透了！你们让我烦透了！"

"你自己在烦。"

我说："林一，你就不能快点动手吗！我已到了极限，我会把小说撕了，那时，你将后悔下手太迟。"

"撕了，你仍会重写。只要不死，你总会写它，什么时候下手都不会太迟。"

"林！"

"是我。"

"林！"

"是我。"

"林！"

要是没有象的事件，我不知那天会如何收场。象在等他的姑娘成象，我在等林一强壮。看起来，她能够了。

我的象惨遭浩劫。

出于不直接干涉象类任何活动的原则，我坐视其祸，不曾救助。

象和那头长他五岁的公象为自由为爱情为主义而决斗。草原是最好的决斗场地。 他们势均力敌。 一个怀着愤怒，一个怀着嫉恨，各自甩开鼻子低着头，一下接一下地撞击。象群在围观。 气氛热烈，犹如过节。

象一牙刺穿了对手的颈部，血立刻冒了出来，彼此都稍稍一愣。 没刺中要害，对手仍不屈不挠地抵挡着，伺机还击。

象的姑娘站在十米开外，不知是兴奋还是怕，浑身打战。

我的朋友一次次将挑衅者击退，他步法灵活，出鼻有力，獠牙始终瞄着对手要害。 那头公象平素过于沉溺母色，掏虚了身子，显得力不从心。 他跟跟跄跄地招架着，动作越来越迟缓。 我在猜象会不会结果挑衅者的性命。

"呀——"

象群愤怒了。 群象置千万年来的决斗规则于不顾，蜂拥而上，甩出各自的长鼻，使劲抽打象。 象四面楚歌，胡冲乱撞，发出拼命了的低嗥。 群鼻乱舞，不费事地将象打倒在地。

象的姑娘掩面痛哭。

那头险遭惨败的公象朝四周作了揖，踱着方步来到象跟前。 先用鼻子轻浮地刮了象一个鼻子，然后喷出黏稠的鼻涕，射在他皮开肉绽的脑壳上。 象群庄严地排着队，一个接一个地尿在象的身上。 象苏醒了，疼得发抖。

那挑衅者口中念念有词，念罢矜持地昂起头，右侧的獠牙对准我朋友的心脏。

"慢！"

象的母亲一个箭步冲上来，冒着众象的乱鼻，用鼻子拨开那支恶毒的黄牙。 随后，五体投地，朝象群，朝她所有的丈夫乞求。

"饶了他吧！"

"呀——"

象群撇下这对母子，高奏凯歌，班师回林，将象的姑娘裹挟而去。

象失败了，他无力地倒卧在荒草上，为母亲也为自己觉得屈辱。 他毫不怜惜自己的生命。 他被全体同胞暗算了，暗算之后居然还仁慈地饶了他的小命。 他们是强大的、无敌的，从不害怕个体的报复。 象类的法律从来如此。

象睁大眼睛，天上没有他妈的月亮。

他沮丧地垂下头，神情呆滞地望着远方。

突然，他发现真正的祸事降临了。 象挣扎着想站起去拼命，却被母象的长鼻点着胸膛，动弹不得。

"孩子，快闭上眼睛，把耳朵也蒙上。 会过去的。"

象吐出一口口鲜血。

我必须记下这件事。

在我从非洲撤回的第二天晚上。

床上，林一妩媚娇艳。 所有的灯都亮着，林一羞而不怯地脱下所有服装，连发夹都取下。 她握住我的双手，贴在自己脸上。 引导我的手顺着身体滑下去，直到趾尖。 林一要我细心看她，我看见了。

"我看见了。"

"记住了？"

"记住了。"

"我美？"

"是的，你美。"

"我安心了。"

林一说完，关去所有的灯。 她穿上衣服，要我回地铺去睡。 她要我直到天亮别再开灯。

13

是时候了，我去和象道别。

经历了又一次创伤后，象衰老了许多。 他神情黯淡。

象的姑娘被群象轮奸。

那个阴险胆怯的挑衅者为始作俑者。 我的朋友被他母亲用鼻子顶着，动弹不得。 悲剧就在他的眼前发生。

两个徐娘般的母象小跑着上前，一边一个夹着失魂落魄的少年母象，要她服从。

"我不不不！"

"别发疯了！这是母象的命。"

悲剧开始了。因过于丑恶，我再次删去三千字，一直删到泄完兽欲的象群若无其事地重新吃草。远远站着一排未成年母象，一个个抖个不停。象的姑娘和象一样，瘫倒在地。那两个自觉充当帮凶的母象汗水淋淋。

那对年轻开朗对象世怀着无限憧憬的象无疑被扼杀了。

若无其事的月亮挂在非洲的上空。乞力马扎罗浑浑噩噩。

林一看得痛哭不止。

我为此伤心一阵后，终于想通了。我告诉林一，这是必然，没有正义与非正义。象作为象群的叛徒，妄图开创危险的先例。这会使本就有灭族之灾的象群灭种。这对恋象的不幸是难免的。

林一叫我住口。她说宁愿看到象群的绝灭。美是唯一可珍视的。

那个夜晚，林林哭罢，语调坚定地告诉我她被毁了容。她叮嘱我一定不要开灯。

要是你还愿意，我给你。我是第一次，相信我。

林林让我脱去衣服，说她准备好了，要我吩咐她。她揉着我的腰，祈求它成全我们。一切是那么平静、激昂。我把腰忘了。

那两头母象将受害者搀到河边，温柔而熟练地为她洗涤创伤。 她们用鼻子抚慰着她，告诉她象要坚强，母象更应当坚强。 一切都会习惯的，习惯之后就感觉到欢乐。

象的母亲收起顶住儿子的鼻子，为儿子的遭遇老泪纵横。 她要儿子好好养伤，耻辱会过去的，只要今后安分守己。 她已过绝经期，没了欲望。 她慈祥地说，如果难受，就在母亲身上排解吧。 这样的排解安全平和，不伤身子。

象没等母亲说完，就嫌恶地闭紧眼睛。

母亲伤心地饮泣。

我等待象的复原，料他不会善罢甘休。 在等待的日子里，我苦心钻研了武术，尤其对"神鞭术"倾注心血。 我要将象武装起来，甚至不惜为他偷运军火，假如需要的话。 林一说愿为那对美好的象去偷枪，偷原子弹。

象摇着头谢绝了。 他说：

"象无意重演人的悲剧。"

我告诉象，即使赤手空拳，打架也有讲究。 我演示了摔跤、拳击、空手道、相扑、猴拳、蛇拳、少林拳等招式，特别将九节鞭的玩法移植到象鼻，套路出神入化。

"我不学。"

"那你去死吧！"

象解释说，一旦学了，他会忍不住频频出击，为所欲为。为所欲为是不好的，象从来不这样，他说。

这天深夜，象和他的姑娘私奔了。

这天深夜，我精力不济，早早入睡。我被象搞得十分悲惨，白白学会一身的武艺。我家最多的是书，没什么值得来偷来抢，于是没个对手练练。如今想丢也丢它不下。它会诱惑我去写武侠小说的。这天深夜，我睡不踏实，总觉得有什么事即将发生。果然，在天将拂晓时被预感唤醒。我眼睛紧盯着那条象群觅食的小路，不多久，便看到两位年轻非洲象的身影。

"早上好！"

"晚安。"

象答了一句，埋着头走他的路，行色匆匆。他用鼻子轻轻驱赶走在前面的母象。母象三步一回头，似还有留恋。他们一前一后沿着这条弯曲的小路，去寻找新生活。

我祝福。

私奔是美好的。

我对林一说，很遗憾，我们不必私奔。

林一说，快了。

我躺在地铺上，回想自己的一生。似乎没什么可后悔的，似乎该知足了。生活中的缺憾在作品中补偿了。象在代我私奔。林一和林林的创造者是我，我也消费了她们。

我消费了许许多多杰出和不杰出的人物，也消费自己。 那个关于大象公墓的传说是那么动人，我愿扔下一切可用于器官移植的器官后向那墓地迈步。 我愿放弃一切，但不放弃被林一扼杀的愉悦。 那是怎样的终点啊！本小说将作为遗作问世，在姓名上套个黑框显得分外别致。 当一名死于自己作品之手的作家是莫大的快乐。 在我之前，没人如此死去。

我用最后的一点时间将象的故事说完，希望还来得及。

象和他的母象有过一段前无古象后无来象的快乐生活。 那种相互间的高消费是骇象听闻的。 象红光满面精神抖擞，连小便都带着小跑。 然而——

母象想念象群。

"他们是你的仇象！"

"原谅我，象，我只能回去。"

"他们不会饶你。"

"我不求饶。"

母象说这是命。

"我爱你！"

"我也爱你。"

"别走！"

"回去后我会后悔的，但我只能回去。 你也回去吧，回去吧！"

象悲哀地走开了。 他迈着老象的步伐，背她而去。

母象怀着象的孩子，哭泣着去找象群。

不知母象最终是否真的找到象群，不知她是否后悔。 我不说不知道的事。 而我的朋友却千真万确地开始流浪。 他孤身一象萍迹天涯。 我猜他的心必定已碎了。

我再一次劝他学拳，象摇摇鼻子再次予以否决。 他走得极累。 我想弄套录像设备给他，排遣过剩的光阴，象说不要。 他对黄色录像也没兴趣。

有一点可以肯定，象至死没踏上通往公墓的神秘通道。象精神恍惚，丢失了欲望和大部分体力。 他活得十二分的累。 当然，没发精神病的预兆。 他在非洲丛林游荡。 乞力马扎罗监视着他，他的月亮监视着他。 此外，没任何别的什么对他有兴趣。

象的獠牙异常的美，任何人见了都会动心。 他抬举着一口好牙终日迷惘。 路遇的象群见到他便避开了。 他的劣迹已传遍非洲。 没任何动物敢于招惹他，他也不招惹他物。

我和他恳谈过多次，要他振作。 我宁愿他去复仇或者干脆投降。 象不干。 他被传统束缚了，说从没一头象向自己的种族挑衅。 种族总是正确的。 但他没情绪回到正确的种族群体中。 丛林是美好的，只有孤独的漫游者才会体味到它的好处。 漫游中，象卸下了强壮的体魄，象皮松弛地垂挂，脑袋显得更大。 但它没法摆脱那对美丽的獠牙。 他说獠牙已毫无意义，他是和平主义者，不抗恶。

象要我把它砍下来，留作纪念。 说着，他用鼻子擦了一遍牙。它长达两米五，约有六十公斤重。

"自己留着吧，我的朋友，别自暴自弃。别太孤独。你看见了，我的腰腿不好。我连背负自己都十分吃力，还能扛走你的牙吗？象牙只有长在象的身上才是最美的。你知道人们拿象的牙做什么了？去雕刻，在蚂蚁大小的象牙上雕出一个非洲。好好爱护你的牙，别叫它堕落了。"

象要我别酸不可耐。他说自己依然是幸福的。幸福不在于经常放声大笑，也不在于嬉戏。他问我"哲人"是什么意思，我告诉他哲人便是耽于对空幻的思索的人。

"那么，我就是哲象。"象庄重地宣布。

在我看来，象没有进化到需要哲学来折磨自己的地步。我的这位朋友不可能有任何成果。他们没有天敌，这是致命的。人有哲学，是因为与整个自然为敌。但我尊重他对思想的醒悟。理智之光终于殃及了象，在那巨大的脑袋中播下迷惘的种子。

"去漫游吧，我的朋友，你是有史以来最最不幸的象。你和你的同胞连火都不能支配，你却要成为哲象了。光荣也归于你。假如后象终于进化，他们必纪念你。纪念先祖的纯情的爱。纪念寻根。纪念哲学。"

象要我俯卧，为我做了遍按摩。他又提到用四肢行走的益处。

我没告诉他自己将不久于人世的消息。说这个没意思。我不过是五十亿分之一罢了。

象若有所思地走了。

我目送他的背影离去。 我们再不可能相见。 我不以哲学为专业，并放弃寻根，我的爱并不纯情。 我们各奔前程。

我一瘸一拐地奔向无前程之程。

14

我的充满诚意的故事即将结束。 第 14 节是最后一节。没有任何延宕的借口。

象朝丛林深处走去。 我听见他遥远的吟唱："曰：遂古之初，谁传道之？ 上下未形，何由考之？ ……"这原该是本小说的开始。

在许多次沉思默想中，我都以象倒卧坟场为本小说的结尾。 我愿象的行为能给人类以启迪。 平静庄严自觉地面对死亡是伟大高尚的。 如今，我的象正退出象群。 但他不是向死亡踱步，而是去追求灵魂的永生。 象和他的姑娘就这样毫无道理地走失了，将我的好端端的故事彻底败坏。

在我手边与象有关的文字材料中，有许多极生动有趣的故事。 曾想过将它们改头换面植入本小说，最后毕竟割爱了。 我严正宣告，这不是一篇以好看见长的小说，作者无意于此。 必须懂得，象的故事无论如何好看终究是有限的。真正好看的是林林和林一，她们好看得犹如象的一对长牙，因此而忍受不了美的毁灭。

　　本小说以创作谈开始，但不以评论文字结束。 我看重感情，宁愿舍弃理论。 本小说充满象征，人象征人，象象征象，丛林象征丛林，月亮象征月亮，乞力马扎罗象征乞力马扎罗。 换句话说，一切都象征我。 完了。

　　在本小说的结尾，我心甘情愿代替我的朋友象走向死亡，尽管我吐不出象牙。

　　我蹒跚着迎向林一。

　　林一解开我的衣服，脱去。 经她的手抚过，我回复到原本的形态。 风吹去。 河流去。 乞力马扎罗视若无睹。

　　林一说："我好了，要你吩咐。"

　　我的脸在她前胸后背来回擦着。 她的皮肤细腻温暖，肤色健康。 她用长鼻环绕着我的脖子。 她的乳房精美端庄。我用鼻子轻轻鞭打她，用獠牙摩擦她的獠牙。

　　"到水里去吧到水里去吧。"

　　河流去。

　　我的四足稳稳地踏在河床上，身心松弛。 放弃了直立的傲气，放弃历史。 腰肢充满造物的生机。

　　乞力马扎罗窥视着。

　　河水漫上林一的背，她回头看我。 我咬住林一的尾巴，头紧贴在她的臀部。 她温顺，兴奋。 我压向她，用长鼻抱住她的后颈，鼻子末端抓住她另一侧的耳朵。

　　没有轮奸。 没有毁容。 也没有哲学。

我们交配。

之后，林一和我面面相对，将鼻子上举，摆成 S 形。

我俩，被愚弄了这么久，

现在改变了，我们飞快地逃跑，如同大自然一样地逃跑，

我们便是大自然，我们违离已久，但现在我们又回来了，

我们变为植物，树干、树叶、树根、树皮，

我们睡在地上，我们是岩石，

我们是橡树，我们在露天下并排生长，

我们吃着嫩草，我们是野兽群中的两个，如任何野兽一样地自然生长，

我们是两条鱼，双双地在大海中游泳，

我们是刺槐花，我们早晚在巷子的周围放散着芳香，

我们也是动物、植物、矿物的粗劣的斑点，

我们是两只掠夺的鹰雕，我们在高空飞翔，向下窥视，

我们是两个光辉的太阳，我们在星球的轨道上均衡而对称，我们也如两颗彗星，

我们在树林中张牙舞爪地寻伺着，我们猛扑别的动物，

我们是两片云霞，午前午后在高空中奔驰，

我们是交混的海洋,我们是互相滚转着,互相交濡着的两个快乐的海浪,

我们是大气,明澈的,容受的,可透的,不可透的,

我们是雪,雨,寒冷,黑暗,我们每人都是地球的产物和影响,

我们周游又周游,直到我们又回到我们的家,我俩,

我们除去了一切,除了我们的自由,除了我们自己的快乐。①

林一和我读得热泪盈眶。

我合上惠特曼的《草叶集》,放开去。 然后展开双臂,平卧在床上。 被象牙牢牢钉在床板多好。

我们的月亮投来惨白的光。

林一想抚摸我的脸,被我挡开了。 她双手在自己脸上摸了一遍,仔仔细细的。

"可以了,林,我好了。 完事后,去找象。 从今以后,你不再有历史。 你属脊索动物门脊椎动物亚门哺乳纲长鼻目的象科。"

我将她冷冷的双手放到我的脖子上。 她匆匆吻了我。然后,将手收紧。

痛快!

---

① 惠特曼《我俩,被愚弄了这么久》。中译者:楚图南。

我还来得及做最后一次修改。在本小说的前面，曾答应将这个复杂的故事还原到简洁，我履行诺言。

这个故事将重写：

象

陈村

（此处删去 14 节共 44, 000 字——象按。）

1987 年 1 月 10 日至 7 月 15 日

序

起初神创造天地。地是空虚混沌,渊面黑暗;神的灵运行在水面上。神说:"要有光。"就有了光。

——《旧约·创世记》1:1-3

这是一个绝对荒唐的故事。

这个荒唐的故事说的是在太平洋上,不知哪一年,不知怎么的就有了一座岛子;不知在哪一个国家,不知怎么的就有了若干美女;美女美得好好的,不知怎么的又突然不美了;最后,那个叫作美女岛的岛子,不知怎么的又不见了。这故事,听着怎么都不像真的。

尽管是从没有到没有,其中确有几件叫人掩嘴一笑的事。

《创世记》中说,上帝花了六天,将天地万物一一造齐,其中包括按他老人家的形象用土捏巴捏巴捏成的人。"到第七日,神造物的工已经完毕,就在第七日歇了他一切的工,安息了。"

于是，就有了我们今天的礼拜天。

但是，上帝造齐万物后哪里去了?《圣经》上似乎没细说。

有消息说，上帝因为安息久了，颇无聊，便又开始劳动。他不图工钱，图个快活。于是，就有了这么一篇故事。

信不信由你。

第一部

他把地建立在海上，安定在大水之上。

——《旧约·诗篇》24:2

1.ABC 的口罩

一个关于岛、人、城市的故事。

城市叫打谷场市。

原先，这里是个村庄。村民种着麦，收获后便在打谷场上脱粒扬净，等着轧出面粉做面包吃。村子靠海，也有几家捕鱼的，也有几家晒盐的。小打小闹罢了。

也不知怎么的运气就来了，渔港成了商港，村庄便扩作镇，扩作市，一天比一天热闹。自然，比起日后，这点热闹还是非常有限的。不过，仅就一般而论，这运气也非常难得了。

该市的第一任市长显然是个笨蛋，放着许多如花似玉的名字不用，偏偏要叫"打谷场市"。这一来，就再也难改了。中途虽有过一次改换，但不多久又翻了过来，这一翻看来永无出头之日了。

渐渐，打谷场市有了一百万人口。

故事就出在这座城里，但说城得先说岛。

说岛得从一艘船说起。

要说船，就先说一个丑女。

她也真够惨的。三十年前呱呱坠地时，父母给了个好名字，唤作 ABC。本是占先的意思，连占三位，颇气派。无奈阴差阳错，积三十年的造化之功，非但未造出一星半点秀色，反倒一日丑似一日。虽说化妆品没有少买，比如白如雪珍珠霜、不必花雀斑露、立刻净狐臭膏之类。那用完的空瓶足以将她压死，无奈越擦越不济矣。一日，恼了，将家中镜子一块块砸了，这叫"眼不见为净"。出门去买回一麻袋口罩，两只一缝，缝得绝大。此后终日戴着，再不肯脱下。吃饭时，见左右无人，稍微揭起下边，一勺子塞进去，赶忙捂住。洗脸则将面巾塞进去，口罩上下各露出一端，两手来回牵扯，如擦背一般。

好在 ABC 自有一室，所谓简易公寓的便是，独门独户，用不着看邻居的脸子，当然也用不着给邻居看脸子。反正镜子已碎，在家好歹有脱去口罩透透气的时候，自信心便长了几分。日缩夜长，天复一天，已成规律。

当然，遗产是没有的，父母健在，只不过不住一地是了。

养儿养到三十，也算对得起祖宗了，老人家们生性好游，除了不见女儿，哪里都去。于是，也无余钱可周济ABC。ABC好歹有个工作，原先在百货店当售货员，因她的柜台绝无生意可做，清闲倒很清闲。老板自然有点势利，一闭眼将她辞了。她也正不想干哪，去美发室毛遂自荐，觅得一碗饭吃。那活儿颇合她心思，脸是不必露的。眼睛小了点也好办，戴一副远视眼镜将眸子放放大便是了。只是害得她理起头发来头老是极端后仰，远看很有点趾高气扬的劲头。

人一欠美，朋友自然也少了。没那兴致。同店的女美发师们俗气得异常，终日暗暗比着，比完头比胸，比臀，比脚，比皮白，比肉细，直比得ABC连连恶心。如此这般，自然是绝难有投机者。

来店美发者中多有男士。

虽说提到"男"字，令ABC脸羞红得映出口罩，但年已三十，想想似乎也不罪过。她颇有几分眼力，将先生们分作三六九等，一十八个品级，九十九种规格，一眼望过去，大错是错不了的。

此生有幸被人盯过一回梢（想起来还叫ABC脸热心跳）。

那天一出门就知道必有异事。下车没走到电影院，口罩带子便不拉自断。ABC 只得以手托腮，似害牙疼一般。银幕上放着《活的就是美的》，颇对她心思，可惜被那根带子搅得不得安生。旁边的那位男士频频左顾，看她看得入神，竟错将口罩当成银幕，真叫人羞煞。

散场前，她偷觑了一眼，那先生果然生得貌美，无论等、级、格均列上乘。更难得的是眉眼间一点柔情，直荡人心魄。ABC 再也坐不稳，无所措手足。

电影虽长，终于要放完的。戏中那一对恋人几经磨难，终成眷属。好兆头。场灯大亮，ABC 急忙左转，依次出场。走在马路上，神清目爽一阵，眼迷耳热一阵。想去咖啡馆小喝一杯白兰地定定神，谁知回身望见那男士竟一直跟着自己。这叫一向很有主张的 ABC 不知如何是好了。

那男士朝她走来。

ABC 以指点腮，心烧烧地等待。

男士近身，笑盈盈正要开口（可怜的 ABC 等他一开口必当场昏倒，然后急救，然后买束鲜花，等等），谁知一旁跳出两员风化警察，一人捉一臂，将男士拥上警车扬长而去。

ABC 欲哭无泪。

夜里，细细回忆男士的一举手，一投足，ABC 不禁自叹命苦。俗话说，千金易得，一夫难求。果然一难至于此。

第二天上班，ABC 忽然变得多话，当她故作平淡地说到那男士鼻翼一颗豆大的黑痣时，心一紧便手一抖，将顾客的下巴割出一条血线。 好在是老头，血不旺，人也还和气，仅骂了句鬼听了也害羞的话便不啰唆了。

ABC 晕晕的。

那群俗不可耐的女人，背着 ABC 做起了鬼脸。 午饭后，乘 ABC 还在一勺勺进食，竟在店堂阴毒起来。 有说那男的花痴，是女人都要。 有说那男人是同性恋者，看 ABC 看花了眼。 有说那男的为老婆找"陪衬人"罢了。 还有更毒的，居然称那士为钟馗，说他专门捉鬼。 一阵阴毒，一阵欢乐，整个店堂春意拂面。 谁知，都被 ABC 隔墙听去了。

ABC 好不伤心。

平心而论，是美是丑，均上帝所赐，即使有所计较也不必视为天下第一要事。 可惜这道理俗人不听，于是播弄出是非，播弄出人命。

ABC 当夜买了船票，去太平洋寻找归宿。

2.温柔的"乌托邦"

"乌托邦"号邮轮的船长能称得上是个大航海家。

他不光兼任世界航海协会的常任理事，该协会机关刊物《啊海洋啊》的名誉主编，还得过大蔚蓝色勋章。 历史上，得到这种荣誉的航海家屈指可数。

大海上，他度过六十九个春秋，年六十八岁，先后娶过五任娇妻，生过八个孩子，击毙十七名劫船的海匪。 生在海上，他希望也死在海上。

他二十岁那年所著的《船是怎样翻的》三卷大作，被奉为海员的圣经。

"乌托邦"号邮轮在船长的一声声舵令下，解缆出港。不多时，便将打谷场市抛在地平线以下。除了顺访几个岛子，让游客买点工艺品外，邮轮并不着岸。船将行行泊泊，像一座浮动的岛，浮动的五星级旅店。面对日益放刁的度假者，"乌托邦"号的广告口号是：

本船将满足一切！

据说，下"乌托邦"号邮轮而去的游客，真没几个失望的。

此刻，游客或在酒吧闲坐，或在船桥静立，看飞鱼滑翔。有几位怕风又怕光的，便躲入舱房，打开墙上的屏幕。波浪伴着水声扑面而来，似要溅到榻上，颇有几分惊险。那些为寻不安分而来的客人，也各自寻着去处，正不安分得紧。

船长将舵交代给舵工，为赌徒助兴去了。

一连数日，风平浪静。

众游客好生开心。

ABC 上船后便直奔舱房，除了打电话要点食物，白天再不出舱。 大海整日整夜地在墙上翻腾，她晕得不行，但仍不换个频道。 摁一下"添花钮"，海便赤橙黄绿青蓝紫地变幻起来，使舱房使人也同步变色。 彩光中，ABC独自踱步，一踱一天，将地毯都踏得陷出宽沟。 每当侍者送食，她都先躲入浴间，将水龙头开得哗哗响，隔门令其放下，令其在几上找那小费。 侍者也不多取，知趣地出门并带上门。 在这船上干久了，什么怪人都见过，这并不出奇。

ABC恨不得将浴间的镜子砸碎，她恨极了。 但为了不引起纠纷而被注目，她忍了下来，只用浴巾将它严严遮住。

当夜幕降临，海上一片萧索时，ABC便戴好口罩，出舱去了。 她总站在船尾的甲板上，身披线毯望着大海出神。 人果真是从大海中出来的吗？ 人是鱼的时候也有俏不俏的事儿吗？ 自己比鱼俊一些吗？ 想到自己沦落到与鱼比美，ABC内心十分酸楚。

这许多年，活得过于无趣。 同辈的姑娘已纷纷嫁人，纷纷同居。 更有一嫁再嫁，一居再居的，使本已短少的男士更显不足。 也有几位爱出国的，去非洲，去中国，带回几件洋货时时炫耀。 ABC并非不能玩，她很想上中东，去阿拉伯定居。 在那里，可以永远戴着面纱，享受古老的大有哲学意义的平等。 但是，怕就怕验关。 一想到要在光天化日下脱去口罩，让海关的小伙子细细审视，立刻便觉得浑身冰凉，窘到要死。 护照上的照片还是十三岁那年照的，那时自己似乎还说得过去，更有那体恤人的摄影师，破例布了一组脚光，形象好多了。 从那以后，再没照过相，只是把底片珍藏着，实在躲不了时，去印上一张。 即使这照片，也轻易不给人看。

上船其实是为了寻死。

死在大海，死在三十妙龄，几多浪漫！

动摇信心的是大海的鱼。

那天在舱里蹀步，听见甲板上喧哗成一片，按捺不住好奇，终于从舷窗看去。 那伙精黑的男人脱得只剩裤头，正用大棒猛击才钓上船的一条鲨鱼。 鲨鱼大如小艇，坚贞地挣扎，不吱一声，终于英勇死去。 本来到此也该完结了，偏有好事分子递过刀子来。

割下鱼翅。 开膛剖腹。 ABC又恶心又想看，觉得刺激无比。 突然，屠夫血淋淋的手拎出一只……一只女人的高跟鞋。 那高而尖的鞋跟像是扎进了ABC的眼睛，她猛一闭眼，倒吸口气，毫不迟疑地昏倒过去。

等醒来，天又黑了，屏幕上的海正翻到红色，血腥得像甲板上的鲨鱼。 ABC爬向浴间，支持起身子，将头伸到龙头下，尽情冲淋。

"乌托邦"号严格尊重游客自由，只要不将船拆了，无人会来干涉——《本船宪法》中这样写着。

生活是多么多么的美好啊！

ABC第一次将屏幕关了。 以往，她羡慕被马路求爱者跟踪的同事，羡慕被丈夫痛殴的妻子，羡慕被强奸的少女，甚至羡慕难产而死的母亲。 自从看见那只滴着血珠的高跟鞋，她竟羡慕起自己以往那半人半鬼的生活。

回首长长的一生，自己并未有半点对不住世界之处，而世道不公乃至于此。 她依然怀着感激之情，为自己的生命而膜拜上苍。

旅途已变得毫无意义。 她打电话到服务台，报了信用卡号码，要求立即坐直升机回打谷场市。 那边请她稍候。 过了三五秒，回答说，这将超出信用卡支付限额，小姐是否准备了别的付费手段。 她说没有。 对方礼貌地建议，如有意向船方贷款，请报身份证号码，以便查询信用；还款可一次也可分期，期限可长可短；本船竭诚为您服务。 她叹口气，说不必了。

ABC 披衣出舱。

船尾的海水和淡水游泳池均有几个男女。 女子穿着比基尼，妖媚得可以，摇一摇秀发，出水坐到男士的毛腿上，咿咿呀呀地娇语。

ABC 看得心痛。

平台上，橙色的直升机垂着桨叶，停得叫人有安全感。 船随波轻摇，桨叶也随船轻摆，似在招手。

ABC 叹着气。

不远处，一双眼睛在看她。

依照船长的秘密指示，任何可能有损"乌托邦"名誉的人事，均得予以分等级监视。 船长积数十年的经验，从未看错过人。 根据侍者和水手的报告，他注意上 ABC，认定她是借船蹈海者。 为避免日后的纠纷，在审查该船每日出版的《快乐的乌托邦报》时，将与该女人有涉的句子一律删去。开船第二天，即派水手一名，扮作游客，每晚在后甲板伺候。 大洋中鲨鱼很有点势力，不问古人今人，一概都是要吃的。 万一该女子要跳船，立即上前予以击昏，并搀扶进病房，对外则说阑尾炎发作。 这水手曾击过多人，向来不出差错，出击的动作在他人看来无疑是扶助，连足球裁判都能瞒过。 每击一次，船长照例给一次重奖，因此，他倒希望船上多几个跳海者。 水手击人击出瘾了。

ABC 迟迟未跳。

水手等得着急。

一次，看看像要跳了，水手喜出望外，谁知涌上一个浪，将女人溅湿。 女人打了个寒噤，回舱去了。 女人真是女人。 水手向船长卸职，船长有点想不通，这小子向来积极得很，何至于自动退出？天天只需在凉棚坐坐，两眼看住一位小姐，也不出流汗的力。 这 ABC 小姐虽将面部遮起，藏山不露水的，但后影望去也还将就，在海上并非不能想入非非的。 水手只好苦笑了，他告诉船长，苦虽不苦，但清得很。 天天空守着，白白丢了许多小费，难怪不起劲。 正巧服务台报来，那女子想租直升机回去，未遂。 船长一笑，掏出一把小钱给水手，解了他的差。

船长就是国王。 国王并不好当。

3.仿佛是初恋

人的情窦，难说几岁便一定要开。 比如 ABC，虽读遍言情小说，看遍 X 级电影，三十年中有过一回"电影男士事件"，其实不过纸上谈兵，自作多情罢了，似是而非。 又比如船长，虽六十八高龄，但满头无一根杂毛，自十一岁至今，凡五十七载，情窦常开不谢。 其间虽频频结婚生子，但意犹未足。

一天，船长的好奇心终于被牵动，为了给正写作中的巨著《游客要点什么》收集素材，冒昧地去敲 ABC 的门。

"进来！"

船长进房，却不见人影。 浴间的水龙头正哗哗急响。

船长打开屏幕，边欣赏超级芭蕾边等。

龙头响了一个小时。

ABC 真要绝望了，她坐在浴盆边上，听那边的时代音乐一阵阵鼓噪。 那人尚未走，看来甚至没有走的意思，还在打铃叫酒。 她心跳不止，猜测来人的来意。

ABC 关了水，那边也关了电视。

"先生，您有什么事？"ABC 隔着门问。

"小姐，您听到的是本船船长的声音。"船长隔着门回答，"为了这次美好的航程，我愿聆听您对本船服务的指导。能结识小姐这样的贵宾，本人不胜荣幸。"

ABC 就快开门出来了。 作为一个有教养的女子，躲进浴间接待船长是极不相宜的。 可是，该死的口罩没带进浴间。 她想哭。

就这样，船长隔着门与 ABC 聊起天来，聊得 ABC 一阵温暖，一阵战栗。 船长出语诙谐，极尽殷勤之词，使 ABC 的身子一阵僵硬，一阵酥软。 最后，几乎处于休克状态。

"晚安。"

船长心满意足地走了。 他一切都已明白。 这种病，是没法治的。 ABC 战战兢兢地探出头来，见船长果然走了，忙出来，将舱门严严锁上。 几上有船长喝剩的半杯鸡尾酒，她捧起杯子，慢慢啜着，心中无比芬芳。

这一夜，ABC 未上甲板。

那张印有船长照片的《快乐的乌托邦报》，她千次万次地看过，并纯洁地吻过。 照片上的船长慈祥又坚定，使人信赖，使人爱慕。 船长要是知道，那浴间小姐的初吻是献给自己的，无论如何也是会感慨一番、得意一番的。

ABC 行动起来了。

她频频打电话给船长。 船长开始虚与周旋，三分钟给一句甜言。 谁知电话越来越勤，直闹到边叫舵令边答话，那船不免开得有点浪荡。 按理说，游客有权在任何时候会见船长，这也是《本船宪法》载明的。 ABC 的"会听"并不算越轨。 这种事船长从未遇到过，不免觉得棘手。 以往也有性急的女性，船长去她舱中一转，立时便不再烦人。 最腻人的至多带上驾驶台，边安抚边工作，也还有趣。 船长思之再三，决定失踪。 可怜的 ABC 一个个电话打去，到酒吧、到赌场、到桑拿浴室、到按摩房、到船长室、到机舱、到冷库、到驾驶台、到弹子房、到厕所……接线生礼貌地百插不厌地为她劳碌，对方也极其彬彬有礼地先问好，后答话，答船长不在。 从报上知道，船长并未死去，依然谈笑风生地出入各处，《船长一日》专栏甚至说他嫌船还太小，说他恨不得同时指挥三条邮轮，为三船嘉宾效劳。

ABC 气得发昏。

对自己的现状，船长应当负全部责任。 有引诱才有堕落。 ABC 对自己落到这种地步悲痛欲绝。 对一个六十八岁的情场老手来说，区区弱女子怎么是他对手呢？ 她恨恨的，又恨得颇有柔情。 他毕竟是第一个诱惑自己的男人啊。

ABC 终于不顾太阳的光芒，白天也勇敢地跨出舱去，四处打听船长。 爱的力量是无穷的。

船长没让这种情况持续多久。 他挺身而去，笑吟吟地走向 ABC。 ABC 摇晃着身子，泪水浸湿了口罩。 船长一边安慰，一边挽住她的臂膀，从容地将她带到密室。

水手搓着拳，在那儿已等候多时。

4.啊！赞美上帝

太平洋上不太平，历来都这么说的。 船长目送水手出舱后，手掌轻轻按了下鬓发。 他走近地上的 ABC。 水手好手段。 她睡得正香。 船长要揭开一个谜。

他用手指挑起那块口罩时，不无幽默地想到了霍桑的《教长的黑面纱》。一旦挑开，还是倒退了三步，后背重重地撞在钢板上。本还想摘下她的眼镜，一见之下全没了兴致。他画了个十字。

这不是恐怖，而是纯粹的丑。丑得能叫恶人生出同情心来。上帝啊，你的玩笑可开大了。你的手艺让一个妇人如何承受得起？

他为其戴上口罩，出舱去洗了手，将密室门锁严。

据《快乐的乌托邦报》报道，自开航以来，整艘船天天如过圣诞节，气氛热烈。除一人须摘除阑尾，一切正常。为庆祝跨越赤道，明天将尽情狂欢。

赤道。无风，无浪。

一切能够想到的东西都戴在脸上头上了。ABC真错过了最美好的一天。人们装扮得奇形怪状，直着，横着，倒立着拥向甲板。"乌托邦"号的轮机停转，随即敲起了非洲的鼓，吹起非洲的号。当船长宣布船正横在赤道上时，全船突然熄灯，一片惊喜的欢呼。赤道的夜，群星灿烂，月光皎洁。焰火升空，燃放出一天一海的绚丽。

游客相互拥抱，狂吻，一齐跌入游泳池中。

船长面带微笑。一切迹象表明，这个航次是成功的。

焰火竞相蹿入空中，探照灯横扫烟云。

突然，似传来极沉闷的声响，海水翻腾着，越来越剧烈，几乎将船掀翻。"乌托邦"号邮轮刚经过的航迹上，明亮的烟雾夹着海水冉冉升起。 雷声隆隆，耳膜都发痛。

洋面亮如白昼。 在黑色的背景映衬下，显得无比恐怖。

游客被掀翻在地，目瞪口呆。

船长被无情撞倒，又将他人撞翻。 幸好醒得快，连滚带爬奔向驾驶台，连一头乌黑的假发丢了都在所不惜。

"要车！要车！"

船长狠命摇着车钟。 主机发动了，发出极其难听的声响，"乌托邦"号摇摇晃晃地挣扎着逃遁。

眼看那团云雾渐渐远去，船长才顾上画了个十字。

"亲爱的女士们，先生们，本船已毫无危险，请各位回舱休息。 若游客有小小的擦伤，请在原地等候医生的问候。 所有当班的船员各就各位，不在班船员到中餐厅集合，等待指示。 我们将清点人数，请各位协助。 多谢。 愿上帝保佑大家。"

得到上帝保佑的游客各自回舱，全船一片鬼哭狼嚎，跌重了的，在甲板上连声呻吟。 满地是丢弃的面具、饰物。遭此大劫，船长异常镇定，他找了顶帽子戴上后，将舵交给大副，有条不紊地组织队伍，检查船身、清点人数、救治伤员，忙中还不忘令船报记者火速拍摄奇景。 在海上亲眼见到火山喷发的事，千古难逢。

各处汇报都到了：船身无恙；设备无恙；和基地联络正常；全船只少了一位女客（船长暗暗一笑）、一头小犬；断了三根肋骨、一根锁骨、四根尺骨、两根股骨，损失假眼珠一颗、牙齿七颗（其中假牙两颗）、假腿一根；甲板已打扫完毕，失物正分类整理，等待招领；游泳池水泼去过半，请示是否添加；奇景拍摄中，请求动用直升机；救生艇准备完毕；通知周围经过船只注意的电码已发出，收到称谢的电报；酒吧损失颇重，名酒打碎多瓶，正清点中……

太平洋在摇晃，晃得船像醉了酒。

船长用喜滋滋的声音向全船宣布，一切都过去了，一切活动照常。他建议有摄影爱好的女士先生欣快地走上甲板去拍摄真正的火山爆发，以便日后向亲友展示这一上帝创造的奇景。

现在，船长只有一件事要做，就是去密室看看那位 ABC 小姐。去密室的路上，他顺便取回了自己的假发和船长帽，当着惊奇的船员的面，端端正正地戴上。

直升机起飞了。

ABC 起先被一拳打昏，现在又一头撞醒。摸摸前后左右，都是硬硬的钢板。她不知身在何处。船在不住地摇晃，突然，轮机的发动将她震得发麻发痛。她想喝水。她记不起自己是怎么来这儿的。

原来，船上也有这种地方，不全是用地毯和护壁板装饰着。她想回舱去，但打不开门。用力敲门，敲得手发痛，没人理睬。主机转动的噪声将一切淹没了。

又不知过了好久。

船长出现了。

"还好吗，小姐？"

她突然记起了一切。

"我给您送来了水。"

她接过矿泉水罐头，用麦秆吸着。这就是船长，他总是那么周到。喝完，放下空罐，看着它滚向墙脚。

"您很卑鄙。"

"您说对了，小姐。"船长大度地笑笑，"不过，这还算不上。要知道，您这是要毁了一位有六十九年海上生活的船长，毁了一条举世闻名的超级邮轮。'乌托邦'是我晚年的寄托，我对它有对儿子的感情，将它视作自己的生命。您即使不能体会爱子之情，想必也知道生命的价值。您想，对一个要毁了上帝所赐的生命的人，我怎么还能温文尔雅？这一切，是您我的不幸。"

"您勾引了我，您又抛弃我，您并且加害于我。船上没有法律，陆地上有。船长，我要是能活着回到岸上，我立即去控告您。"

ABC 说得热血沸腾，船长却无动于衷。

"您会告我吗？您愿意出庭吗？"

ABC 顿时像挨了一棒，身子蜷缩着，可怜极了，叫船长看了好一阵难过。

"我决不会加害于您，小姐。您不过少了些自由。在这儿和在舱房，您都只属于自己。对您来说，社交本来就是一种奢侈，所以想必您也不会过分地介意。 您在本船所付的一切费用，我均负责退还。 有幸住这里的人，应当免费。 至于说我勾引了您，那是记错了吧。 一个老人，犯不上说半个世纪前的话。 半个世纪前，您大约是负二十岁，这种差距是不能挽回的。 小姐，您可能敏感了一些。 这也情有可原。不过，我本人对您绝无恶感，只是羞于做儿孙辈的游戏罢了。 请您谅解一个老人和一个船长的苦衷。 晚安。"

ABC 无话可说。

船长欠了欠身，退了出去。 回船长室前，绕到丢失小狗的主人那儿。 一位年轻的女士正涕泗横流地哭她的宠物。船长叫来酒，亲自斟上并端到她手中，说是庆贺她与整条船的幸免。 等女士喝下后，他非常体贴地提议，明日本船将为小犬大卫缺席举行隆重的丧仪。 女士羞涩地擦去了眼泪。船长朝四周打量了一下，决定今晚就充当一回她的大卫吧，他自信比大卫体贴人多了。 他想，听到这个消息，女士会破涕为笑的。

"乌托邦"号邮轮绕着火山远远地转圈。 转到上风处便泊下了。

天色大明。

洋面已平静，洋上漂着一层火山弹，船上积了一层火山灰。 水手们正在冲刷甲板。 远处烟雾缭绕，接上天空的那块黄云。 渐渐，烟由弥漫收束成柱，依然看不清烟雾之中有何景物。

正疑惑，飞出去侦察的直升机报回一个惊人的消息：

洋面升起新岛。

船长急令直升机返航，机未停稳，他便爬了上去，亲临视察。直升机几次出入烟雾，他看清果然是个岛子，岛上在冒着热气，还新鲜得很。他画着十字赞美上帝。

下机后奔回海图室，在海图上标了方位。航海一生，终于有个命名的机会了。船长左思右想，反复推敲，正想得苦，脑中突然窜入个 ABC 的形象。上帝！他慈悲心油然而生，挥笔在图上写下——美女岛。

凭着这个名字，神都会为它祝福。

"美女岛"的名字，乘着电波轻盈地飘荡。

5.无言的礼拜五

"乌托邦"号绕岛一周。

"乌托邦"号鸣响汽笛，向新岛致意。

云雾缭绕的美女岛，由黑蓝的海水托出，分外娇美。浪拍击岸，在岛的四周围上纯白的花边。

船长很想放只小艇下去，让游客来一次处女游。但昨夜的惊吓犹未过去，怕只怕万一出险，一世的英名就毁了。念头一转，想到密室中的 ABC，便暗暗吩咐那水手将她牵上直升机，自己也上机去了。

直升机在岛的上空盘旋了几周，寻找着陆处。岛子很小，不足一平方公里，云遮雾绕的，看得不甚分明。直升机悬停。

"下去吧。"

船长命令。直升机缓缓降下，微微一震，着陆了。船长要享受一下"处女踏"，便叫他们统统别动。自己首先跳下，用脚重重顿了顿地面。嗨，结实得很!

岛上异常温暖。

水手将 ABC 解下直升机，又丢下一大堆罐头、一床毛毯。罐头用以解渴充饥，毛毯白日做篷，夜晚当被，遇雨也可抵挡一时。船长慈祥地拍了拍 ABC 的肩头，请她珍重，约定下个航次还来接她。说罢，匆匆爬上直升机，飞走了。

橘红色的直升机像鸟一样在碧空中飞翔。

机上，船长颇有风度地朝美女岛，朝 ABC 招了招手。

ABC 怔怔地看着那只不祥的橙鸟飞去，看着"乌托邦"号超级邮轮鸣笛开航。她猛然醒悟了，顿足大哭，又摘去口罩狠命地叫嚷。手挥了又挥，挥得几乎脱臼，却将船挥得无影无踪。

她坐在湿热的石上，嘤嘤而泣。

海潮奔腾而来，声声如唱挽歌。ABC 痛定思痛，终于看破船长的长者面目、男士风度。那是一钱不值的。他早生一百年，难说不是个海盗头目。这会儿，想他也无益。

ABC 看看自己，浑身在那叫人窒息的铁板舱房中蹭得黑一道蓝一道。 岛上热气蒸腾，汗水不断涌出，如有镜子照照，此时自己必是个丑鬼。 她走到海边，脱尽衣衫，想下海洗涤一番，怕被浪卷去，又怕鲨鱼来拖人，只得就便撩点水泼泼身上，洗倒没洗净，反成了花鬼。

她想起了鲁滨逊。 自己是没有礼拜五的鲁滨逊，还没有树木花草，连海鸟都没一只。

潮水渐渐涨上来。 她如梦初醒，急忙用毯子包裹活命的罐头，拖拽到高处。 太阳渐渐沉落，一天的红霞，壮美极了。 她无心赏景，在担忧海水不知会涨到哪里。 如将岛子淹去，则万事一笔勾销。

天黑了，她退到一处高地，将衣物扎成一束，以防海风吹去。 海水一进一退，进到那块黑石便不再上涨。 她的心放下了。

毛毯一半垫在身下隔热，一半遮于身上防风。 岛上的新石，硌得她不能安睡。 遥想数千里外的打谷场市，此刻华灯初上，笑语喧哗。 餐馆刀叉飞舞，影院正鬼魅横行，吓得人心跳不止。 但那边的有鬼比起这边的无鬼还令人觉得温暖十分。 父母不知游到了哪里，一对夫妇，年老还能卿卿我我，叫小辈人看了都异常羡慕。 美发室的女伴此刻一定不会记起自己，即使记起也不过讪笑一声，居心可恶。 但 ABC 此时非但不记仇，反而还想念起她们来。 同事一场，总有恩情，即使点滴，也令荒海孤魂念之不忘。

ABC 自叹命苦。

肚中饿了起来，她打开一罐淡水、一罐牛肉。那船长太坏，连刀叉都不留一副，她只能拉开罐头，用手取食。这种境地，再也想不到节食、苗条。她胃口真好，吃得自己都吃惊了。直吃得满头大汗，吃得一罐牛肉不剩一块。吃完，用毯子的边擦擦嘴，很叫人难为情地打了个饱嗝。心想起来走动一下，却发觉肚子撑得难受。好久好久没这样尽兴地吃了，吃得真舒服。

她用手抹了把脸，发觉眼镜还戴着，忙摘下，藏进石缝。在这荒岛上，鸟都没一只，俏给谁看。看看身上，衣服都尽数脱去，身子被海风吹拂，十分爽快。心想，做人做到这种地步才知道那些好处。可惜晚了。

她的腿碰上空罐，忙捡起。不知空罐还有何用处。但这岛上，草都没一根，她便舍不得丢弃。拿在手中，用它轻轻敲着岩石，听着那空空洞洞的声响，心里觉得好受一些。

睡前，她做了一遍祈祷，求万能的上帝给予力量。往日在都市，有没有上帝都没关系。一旦被弃之荒岛，心里便要有个依托。父母也罢，同伴也罢，均不可靠。那人面兽心的船长，虽会说点巧言惑人，看穿了不过势利俗人一个。最叫她记怀的是"电影男士"，可惜被警察捉去，那鼻翼楚楚动人的一点黑痣想必今生再也瞻仰不到了。于是，唯有上帝。

睡着后，一再做噩梦，呻吟惨叫，鬼听了也惊心。后半夜稍安定，却又被尿憋醒，着了鞋走开几步去方便，冷不防见一黑物，身体硕大，朝自己匍匐而来。 她将尿都吓了回去，起身逃窜，逃得狼狈不堪，身子被尖石划破几处。

天黑岛小，无路可走，她奔进自己的窝，将头缩进毛毯等死。 谁知黑物久久不来，壮着胆子伸头探看，朦朦胧胧中似乎是一只巨龟，正引颈翘望。 她极想奔过去，抱着海龟痛哭一场，权将它当作礼拜五，无奈海龟不通人言。 又怕将龟吓了，连这一只活物都望不到，那就分外凄惨了。

太阳从东方升起，俯视着太平洋，俯视着美女岛。 岛子第一次沐浴朝阳，更显得千娇百媚。

ABC 被阳光照醒，睁开眼，好一阵疑惑。 好容易想起那头橙色的铁鸟，想起黑色的夜。 站在石头上，四处张望，不见巨龟。 环顾碧海，海天一色，没有船影更没岸影。 孑然一身，置身荒岛，泪水又落下了。

洗脸漱口一概免去。 吃罢早饭，她决定绕岛走一走，说不定还能碰见一两头海龟，即使说不上话，相对默默而坐，也叫人心宽。

她身披毛毯，顶着骄阳出征。 岛上还在冒气，闷热异常。 幸好四周环海，不至于叫人昏将过去。 更因为在那铁笼中锻炼过一回，这点闷这点热也就扛得下来了。

走了一圈，失望极了，除去全岛一律的浅黑的石头，并没别的景致。 没有海龟。 她朝高处攀去，石头扎人，几次想算了，但苦于寂寞，还是勉强了自己。

一个浅浅的火山口。

一潭清水。

水中映着蓝天白云，明丽而安详。

ABC 扶着石头下去，到水边了，捧一捧水洗脸，又捧上一捧，用舌尖尝了尝，只微微苦涩。心里高兴，一口气喝得肚饱。她脱下鞋，跃入水中。噢，真好！

二十年没游泳了，居然没有忘记。

在邮轮上，看见他人戏水，心中恨恨的，也有点技痒。在打谷场市，看到店铺高悬着的游泳衣，总投去酸辛的一瞥，今天什么都不必顾忌。

她游得尽兴。直到筋疲力尽，才仰卧水面，闭上双眼，听那喧哗着的海。

一连几日，ABC 都到这里。击水时打出的声音，撞在石上倒退回来，嗡嗡地响，似乎也少了几分寂寞。美中不足的是没有伴侣，不免有点苦。自游水以来，身体都仿佛轻了，攀上攀下轻捷得很，有如青春再返。看看身子，洗得白中见红，皮肤细腻，乳房也像丰满了许多，不由得心中欢喜。再一想又泄了气，这几天，除了看石便是看龟，人与龟石比，岂有不细腻如脂的。这岛子再不能待下去，日久必叫人发疯。一想到这些，游水都没了劲头。

她向神祈祷，神不给信心。

罐头一天天少下去，"乌托邦"号绝无踪迹。她看海看得作恶，游水也游得生倦。夜间噩梦频频，经常枯坐等待天明。 那头被她唤作礼拜五的海龟，每晚必上岛来歇息，见她也不躲，直愣愣地瞅她，瞅得她倒不好意思起来。 还是龟有善心吧，不以美丑取人。

她的精神终于受不住了。

那一晚近岛开过一艘轮船，她喜出望外，奔到最高处挥衣叫喊。 谁知船竟没动静，依然雄赳赳地向北而去。 她瘫软在石头上，痛哭一夜。

又是一夜过去了。 这一夜，连那头相熟的海龟礼拜五也不来了，一连三天，都无踪影。

她绝望了。

死前是平静的。

她为自己找了个好日子，万里晴空，白云数朵，投影落入潭中，一派清明气象。

清晨起来，叠好毯子，在潭边梳洗最后一遍，水温温的，十分宜人。 吃完最后的早餐，她做了遍祷告，在心里宽恕了所有的人，连同那"乌托邦"号船长也宽恕了。 原本上船就是为死，没想到最后死于一座新岛，死于灿烂的阳光与碧蓝的海水之中，她没有怨言。

她将投身太平洋。 将自己献给鲨鱼吧，鲨鱼有男性的美。

ABC取来罐头，压在毛毯上，如果"乌托邦"号果然回来，那就还它。 如有渔民上岛休息，也可用以一饱肚腹，一避风寒。 怀着爱去死的人是幸福的。 她领悟到从未有过的满足。 她心里坦荡荡的。

衣服也压在罐头下，不需要了。

临走前，她朝那堆物品看了一眼，留下最后的依恋。 手拿起一个空罐，挥指弹了弹，空罐发出亲切的回响。 正要丢弃，冷不防瞥见了马口铁皮上自己的影子。

她呆住了。

急忙又看，还是那样俏丽，俏丽得不像是自己。 根本不是自己！她急急地在罐头堆里找出一个最新的最平的罐头……

她的头在发晕。

自己真的那么美吗? 比见到过的任何女人都要美，比每年选出的美女还美。 上帝! 她轻轻呼唤着主的名字。 是上帝造出了奇迹，是上帝要拯救自己，拯救一个心中苦了多少年的女人。 她不敢相信。

她急忙找出护照，翻开。 一看见那张像，手一哆嗦。她害怕照片上的形象，使劲一甩将护照丢进了太平洋。

"我是美人……我是美人……我是美人……"

她时而高呼，时而低语。"我是美人……美人……"她将一个个罐头排好队，一个接一个地照着自己。 她心里害怕，怕万一照出照片的形象。 当全部罐头都有幸显示过美女的美貌后，ABC 捧着罐头狂吻不已。

幸福啊，莫大的幸福!

白天就这样过去了，夜又覆盖美女岛。 月亮星星偷窥着美女。

海龟礼拜五又来了，傻愣愣地看着 ABC 美丽的身体。ABC 似乎明白了，礼拜五为何会发愣。

风比前几日稍大了些，水声也更响。 ABC 裹着毛毯，心里一片光明。 忽然，她想到，美在荒岛上又有何用。 海龟虽善视自己，毕竟是异类，看过不算的。 她顿时非常想念遥远的海岸，能让自己到打谷场市露一露面，只要十分钟，死也值得。 她那么地想啊。

心里加倍的悲苦。

上帝，您如果不能向世人显示您的奇迹，要它又有何用？只是叫您的女儿失去庄严的宁静罢了。 她的心已经被搅乱了。 她非常想活下去，为了新生的自己永不倦怠地活着。您不是船长，您不能诱惑我又委弃我。 您不会委弃我的，我永远是您卑谦的女儿。

她又向圣母哭泣。

这一夜，她直哭得星月无光。 礼拜五都不忍听下去，便蹑手蹑脚地下水游开了。

"乌托邦"号朝美女岛开来。

橙色的铁鸟朝美女岛飞来。

邮轮已经换了船长。 老船长因发现新岛，日日被请去做学术报告。 作为第一个踏上海岛的人，他当之无愧。 报告会上，每当打出新岛的幻灯，总引来一阵惊叹。 这个世界，能发现的陆地均已被发现，所有的土地均有归属。 能为国家、为人类增加新的财富，即使在象征意义上也不亚于哥伦布。 报告会后，放映《啊，美女岛》彩色全景影片时，座无虚席，站无立锥之地。 映完，掌声如雷，将屋顶都抬高了几寸。

国家授予"乌托邦"号船长金美女勋章一枚。

诺贝尔奖金委员会拟授予船长该年度和平奖。

谁知乐极生悲。

宴会上，船长谈笑风生，趣话连篇，女士先生个个笑得前俯后仰。 船长都被他自己的俏皮话感动了，笑得老泪纵横。 正笑得热闹，不料他身子一仰，跌坐在椅子上，再也摇不醒。

国葬。

国葬的礼仪刚毕，海港鸣礼炮一百零八响，欢送"乌托邦"号超级邮轮再度出航美女岛。 船上载有来自世界各地的新闻记者。 当今世界见多不怪，谈绑架，谈劫机，谈空难，谈核弹，谈登上木星，谈天外怪客，听众早已生厌。 如今平空升起一座新岛，正好大做文章。 船上另载有天地人兽鬼专家五十名，也想大显身手。

皇家海军派出核弹巡洋舰一艘护航。

ABC 在岛上见巡洋舰驶来，直升机飞来，心中无限激动。 主啊，一切光荣均归于您。 正招手，突然意识到自己还裸着身子，赶忙从岩石后绕到窝里。等直升机临头，正好披挂完毕，还顺手将口罩眼镜丢进太平洋。

机上跳下十名汉子。

打头的动作极其敏捷地将国旗插在石缝中。

他们一见 ABC，竟像被定住了。

等到那橙鸟飞回"乌托邦"，ABC 走下直升机，整船的人竟都定住了。

ABC 从他们脸上看见了自己。

突然，一阵又一阵铺天盖地的白光。自从有胶卷以来，不曾有过如此辉煌的影像。

礼炮轰鸣。

第二部

> 结局是这样的:我将以白皙的、美目的女子,做他们的伴侣。
>
> ——《古兰经》44:54

6.心爱的女儿

电波往返，打谷场市已准备了接待国家元首的规格，等候迎接心爱的女儿凯旋。

一派节日气象。

"乌托邦"号正在返航途中，因意外的惊人发现，科学考察一事暂缓。

整个世界已在电视屏幕上目睹了ABC小姐的芳容。 男士恨不得当其仆从，回看妻子毫无颜色，不禁悲从中来。 夜里做梦也梦的是ABC，一声又一声柔媚地呼唤，直呼得妻子想去寻死。 女子则对镜凄凄，自我感觉有如当日的ABC，口罩生意居然顿时大好。 屏幕上所映出的ABC，身着蓝衣黑裤，一时最为风行，商家昼夜赶要，印染厂特急加工。 成衣店外，日日夜夜排着长队，旷工废学在所不惜。 保安警察顿时颇觉责任重大。 为买那种时髦服装，几天里死伤多人。 拦路抢劫者别的不抢，专剥人衣裳，转手售给黑市，价格赛过毒品。

一时间，整座城市，整个世界都在骚动。 今天发回一则电讯，说ABC小姐最爱吃巧克力，十分钟后全世界的铺子休想再找到一星半点巧克力渣。 明日发回电讯，说ABC小姐生平不怎么爱刷牙，全世界的牙刷牙膏商顿时破产。 那些握有股票的，心里时刻在打鼓，天晓得那位ABC小姐又会说出什么话来。

愈演愈烈。

全世界的人都在翘首盼望"乌托邦"号。 国王都被惊动，亲自下旨，不教国宝再乘直升机，以防不测。 各界名流云集打谷场市，一时人满为患。 政府采取紧急措施，宣布打谷场市实行戒严，只许出，不许入。

"乌托邦"号邮轮进港的那天，数百艘船出海相迎，每船均饰以彩旗横幅。 皇家空军派出歼击机迎接护卫。 通向海港的航道，扫雷艇已扫过多遍，幸亏未见异物。

进港前，随船医生给美人推注强心剂一针、镇定剂一针，以防出现船长式的悲剧。 为美女注射前，医生先给自己注射同等剂量，以示无毒。

万众欢腾。

作为首相特使上船迎接美女的打谷场市市长满面春风，面对美人激动得泪落不止。 这桩奇事正巧出在自己任上，看来连任一事不会再有问题。 他踮起脚，努出双唇，有幸亲吻美人的双颊，顿时觉得神清气爽。

献完花后，他赠予美人的第一件礼物是长命牌防弹衣。

军乐队高奏《迎宾曲》。

当 ABC 走下舷梯时，整个码头突然一片死寂，唯有她的脚步声销人魂魄地轻响。 她如步入坟场。 在美的面前，一切都死去了。 不多时，又活了回来，活得无比狂热。

"ABC！ABC！ABC！ABC！ABC……"

ABC 没有料到居然有这样的场景。 为人在世，仅此就够了。 她心里荡漾着无边的幸福。

美战胜了一切。

检阅过仪仗队后，她被拥进防弹轿车，在两边警车的拱卫下徐徐驶向宾馆。 车轮在鲜花上碾过。 万人空巷，真所谓倾国倾城。

人们意犹未尽。

7.一语兴邦

数天来，ABC被弄得眼花缭乱。

特级护理。

她身在打谷场市三十年，却从未到过这等地方。无论宾馆、宴会厅还是舞场，都华丽得叫她望而却步。如今成了美人，成了国宝，想上哪儿只要开口就行了。因国际上反应热烈，ABC的地位也越来越高。最后，凡是要见她的人，必须先经过安全部门审查资格，然后报请市长先生逐一审批。求见的人过多，一个电脑都处理不完资料，整个市政府都在忙碌，大家忙得又都很开心。地球上的城市太多了，昨天，谁知道打谷场市呢？说话间，世界的中心就挪过来了。这叫小城的公民们荣誉心倍增。

从宾馆大门到ABC的居室，装了三重安全门，以防恐怖分子行动。市长先生以身作则，每天中午去拜会美人时，均不走旁门左道。离宾馆三条街就开始派岗，三步一岗，五步一哨，如临大敌。士兵们风里雨里很是辛苦，但苦得乐意。

两个全国性的对立政党第一次携手合作，为宣传美人不遗余力。

她是世世代代的人类的梦。

ABC从报纸和电视上端详自己，越看越爱看。遵她吩咐装修成的镜厅，四面墙壁以及地板天顶均是镜子。政府没花一文钱，老板白送的。当天深夜，《打谷场报》及新创刊的《美人报》特地出了号外。 这两家报纸最近销量猛增，在世界各地发行电脑版，钱赚得叫财神都眼红。

《打谷场报》的号外标题是——

《美人说:真好》

刹那间，那家镜子厂老板成了亿万富翁。

《美人报》的号外较有诗意——

《看镜中,美人无数》

美女电视台以倾城之资买下了播映权，当摄像机从 ABC 小姐身上拉开，映出金碧辉煌的镜厅时，全世界不约而同地"噢"了一声。 美人身穿无袖低领开背式长裙，仪态万方。 更夺人心魄的是镜子映着镜子，镜中的美人从大到小排列到极深的地域，永无穷尽。 一美人领出美人无数，堪称人间仙境。 世人庆幸自己赶上了这好时候。

美女电视台及时插入广告。

什么都不必 ABC 小姐费心。 她有一个庞大的律师团为其总理一切事务。 财产在疯狂地增长。 口一开是钱，坐一坐是钱，怎么都是钱。 全世界都已熟悉她的形象。 尽管财产无数，她依然十分俭朴，每天只换五次衣裙。 这也够服装厂商忙碌的，服装的流行期大为缩短。 当然，如能撞上一次，必定是举世闻名的富翁。 这样的险，还是值得冒的。

ABC 小姐开始做起梦来。 她想，钱攒到一定数额，便向政府提出，买下美女岛来。 那是自己的发祥地。 以后闷了，可到岛上散散心。 那个潭挺不错的。

号外——

《从不搽那玩意儿》

所有的唇膏厂立刻倒闭。

号外——

《这猫咪太可爱啦》

立刻掀起宠猫的巨澜。

快讯——

《当然,我还没有》

多多少少的男子顷刻作非分之想。

快讯——

快讯——

快讯——

快讯——

…………

真是一语兴邦。

8.通体透明的圣物

"美女事件"引起各国专家的极大兴趣。

他们在相互矛盾的材料中去伪存真，终于理清了美人的来龙去脉。 ABC 十三岁那年的那张脚光照被发掘出来，放成整版大，赫然印在报纸的头版。 多少人这一夜做了噩梦。第二天梦醒，突然都悟到了一个非常要命的真理：

我也可以是美人。

报纸电台电视，一切大众媒介工具均在讨论一个叫人心惊肉跳的命题：

美人人人有份？

这句子细究起来可能不怎么合语法，但情急中没人顾得上挑剔。 天哪，原来自己也可以美的。 既然自己比当年的ABC 小姐整整美出三等，那么，日后也该比她美三等。 不贪心了，即使同一样美，也叫人快乐万分。 不仅是精神的快乐，更有物质的报偿。 要知道，美一向都是有价的。 超级的美就该要超级的价。

令学术界大感兴趣的一个谜是——

男人怎么美?

前景无疑是诱人的。 既然 ABC 小姐的超级美貌出自后天，那么，就有极大的再版的可能。

秘方在哪里?

ABC 小姐近来长了不少见识，也学乖多了。 她不轻易见客。 见谁不见谁不光要有市长的手令，还须她点点秀丽的头。 她有点烦了，钱也赚得腻了，身边整天围着一大群面貌丑陋的人，真不如重新回到美女岛去，在那碧波粼粼的潭里裸身戏水，与礼拜五为伍。

每天有几车皮的求爱信，她都懒得去看。 既然记者要，就五分钱一斤当废纸卖给他们罢了。 卖信就能卖出个百万富翁。 当然，她心中思念男子，还时常想得脸红腿软。 但自己身份攸关，找一个丈夫就不得不三思而行了。 反正，自己看起来至多十七岁，正当妙龄，不必过于着急。

每天，她仅以十分钟时间接待记者，另十分钟接待贵宾的访问。 她已知道自己是金口，轻易开不得，便常常娇笑，极少吐一句真言。

说也奇怪，面容一变，心境也变了，地位也变了。 这一切来得过于突然，她很有一阵不怎么适应。 噩梦又跟随她了。 梦中见自己去镜厅炫耀，却照见一个蒙着面罩的女人，一身黑袍，裹得严严实实。 女人望着自己不说一个字，却抖去黑袍扯开面罩，露出一身黑肉，四肢粗短，面目可憎。 黑女在镜中越显越多。 ABC 刚醒悟到她便是自己，黑女竟狂笑起来，声音恐怖至极。 人们从镜子后转出来，人山人海，ABC 无物遮丑，便厉声号叫⋯⋯

是梦。

自己已经没有过去了。 从有人发掘她的往事起，她不再看报看电视。 她厌恶那段噩梦般的历史。 每日的大多数时间都去镜厅，看不够地看着自己。 她要将自己的形象牢牢记在心里，永不丢失。

心绪又归于平和。

经律师团的干涉，报刊电视有关她过去的报道都撤了下来。 决议由国会辩论后通过。 今后，凡有损国宝形象的资料，均不得披露。 事关民族荣誉，决议请全体公民好自为之。

ABC 没有后顾之忧。

ABC 渐渐风雅。

有声读物公司的各位老板觊觎已久，经隆重开标，公证人宣布"美人！美人！"股份有限公司中标。 该公司董事长当场心肌梗死。

ABC 面对麦克风，唱出三十年的积郁之情。 作曲的是最为走红的音乐家，有"当代莫扎特"之称。 作词的是当代诗人，有"艾略特二世"之誉。 才子竭尽天才，立志创作出前无古人后无来者的歌曲。 其实，不必费那神，无论什么歌，ABC 一唱准红，大街小巷，不绝于耳，通宵达旦。

最为畅销的激光唱片录的是这样一首歌：

1 1 3 — ｜ 3 1 1 — ｜ 1 3 1 3 ｜ 1 3 1 —

啊～～～～～～～～～～～

｜ 1 1 1 1 ｜ 1 1 1 1 ｜ 1 1 1 1 ｜

～～～～～～～～～～～

反复二十遍。

歌名就叫《美人颂》。

这首曲后来曾改编为交响乐、钢琴奏鸣曲、小提琴协奏曲、弦乐五重奏、音诗等等等等，以及刚刚兴起的 "CC乐"。蔚为大观。

少男少女们，中男中女们，老男老女们，唱得如痴如狂，从未有过这样的和谐。

作为国家元首，国王不仅亲自接见 ABC 小姐，王后还亲自下厨，做出饭后甜食一道，以示恩宠。

教皇为 ABC 安排了日程。

至于首相，更是随叫随到。

为使美女的形象传之千古，特选出国内最好的油画家、雕塑家各一位，为美女造型。当撤去屏风，亲眼目睹横陈锦榻的千古秀色，两位艺术家的四肢便幸福得颤抖不已。整个创作过程在颤抖中过去了，于是，"抖抖派"艺术应运而起，红极一时。但真品与赝品到底不同，无论后来者拼命摇手还是站在震荡机上作画，其意境无法与那颤自内心的创作相比。 不过，总算稍有点抖味了。

无数位大导演也在等待幸运的降临。"美女律师团"操持下成立的"美女招标公司"，云集第一流的专家，经人脑和电脑的十八道筛选，选出了当代知名度最高的导演"未来之星"。"未来之星"四十余岁，生得一表人才。 他从影有二十余年，曾拍过百部巨片，代表作为《嘎嘎呱呱阿哩哩》，创票房收入最高纪录，然而作品又极严肃，为同行称道。 经"未来之星"导演与招标公司二十一次会晤，剧本《一切世纪的梦》绝处逢生，喜中头彩。

为充分展示梦境，影片中有十分钟的一个长镜头，上下左右前后，千回百转，将美女的裸舞拍得出神入化。 剧本已先期发表，人们兴奋地等待着。

ABC 不肯合作。

她觉得闹得太不像话。 雕像作画，偶然裸一次也罢了，忽然要上镜头，要跳荒唐的舞，没日没夜没年没月地在全世界放映，实在看不出有此必要。 制片商以为她待价而沽，提出片酬加倍，加十倍，ABC 轻轻一笑（号外——《老板，你小看人了》）。 ABC 坚持要用替身，并屈尊同意用替身一事可以保密。 导演与制片商大大地发了愁。 美女的替身是没有的，任何凡躯俗肢一上银幕立即会被识破，顷刻就酿成流血事件，没准还将政府颠覆。 责任重大，不得不慎重。

谈判还在进行之中。

一天掀起一个高潮。

人们等得极苦。

自有人类的祖先从原汤中爬出以来，积亿万年造化之功，好容易才出了这样的一个美女啊，怎不叫人无比兴奋且无上荣光。据心理学家测定，美女的形象不仅对大众极有魅力，而且百看不厌，愈看愈爱。更难能可贵的是，还对提高整个人类的进取心、消除战争根源极有助益。据经济学家调查，自发现美女以来，劳动生产率增长百分之三十三点三三，一切均出于自发。据社会学家研究，代沟已经消失，人类呈现出从未有过的和谐以及无比光明的前景。

大众认可了这些学术成果。

在 ABC 小姐三十一周岁生日那天，公布了选美的结果。结果是人人意料中的。人们感兴趣的是她的三围：

91：59：90

姑娘与少妇为合乎这样的标准而加倍努力。

从此，"美女"一词成了 ABC 小姐的等义词，属她专有。

她和被发现的那天一样娇艳。时间失去了效应。

在 ABC 三十一岁生日的那天，美女的父母被用专机从尼泊尔接回。两位老人和人们同样幸福，比人们更加激动。国王亲自向他们祝贺，感谢他们为祖国为人类生育了如此美好的女儿。

当晚，举行隆重的雕塑揭幕仪式。

美女 ABC 小姐身穿千带彩裙，由国王陪同而来，亲自为塑像剪彩。

绸布从三十米高的白玉塑像上徐徐飘落，九十九盏造型灯将塑像照得通体透明。

美女羞涩地一笑，朝打谷场广场的数十万民众，朝电视机前的数十亿观众深鞠了一躬，在前来观礼的各国来宾的簇拥下，款款而去。

人们如痴如狂地庆贺人类和平、自由、幸福的盛典，庆贺美的盛典。

迟迟未能在银幕上瞻仰美女裸舞的遗憾，被塑像冲淡。

那通体透明的圣物。

9.谁堪享有

那人人敏感的问题被重新提出。

是人都能美吗？

趁两位老人健在，专家们详尽地询问了一切想到的问题。老人反复回忆，未能记起怀上她那天的食谱。关于时辰，母亲说是傍晚，父亲坚持说是正午。调来最先进的测谎仪，结论是两位老人均不曾说谎。当然，还有许多令人难堪的问题，虽说已是老翁老媪，依然难以痛快地启齿。老头怀疑那伙白衣博士是否正经。还是老婆子看得开，力劝丈夫合作。 这不光是为大家好，也是为女儿好。

问题一日多似一日，老人不胜其扰，终于连老婆子也吃不住了，深夜与老头密谋，清晨吻别爱女，搭机周游列国去了。 今非昔比，如今站站人迎人送，被视为上宾，不仅不需车马费，还能在电视中露露面，笑纳薄酬。

所有视线又集中到美女身上。

暂时尚无动静。 专家正在起草提问细则，一旦通过论证，便可一举攻克美的秘密。

ABC 终于尝到了当名人的乐趣。 这乐趣中自然有几分不自在。 比如上街，比如饮食，更比如寻觅情郎。

现在似乎比过去更难了。

她千挑万选，在心底百般权衡，终于看上那位大导演"未来之星"。 虽说影片至今没有拍成，但他的为艺术不计名利的劲头给 ABC 留下极其美好的印象。 自成名以来，人们找她非名即利，熏得她将一口秀齿咬了又咬。 唯独"未来之星"不是。 ABC 不同意裸舞，他宁愿不拍，眼睁睁丢了十几个亿的美元。 这叫骨气。

关于那个十分钟的长镜头的谈判依然在艰难地进行，双方隔三五天便轮番提出一项新建议，花样百出，但都无实质性的让步，双方都极有耐心与诚意。

就让它旷日持久地谈下去好了，ABC 想。 不谈，怎么能如此频繁地看见那先生呢？

ABC 每天在谈判桌前露一次面，直照得满屋生辉。 这对工作人员的厌烦情绪有极好的驱除作用。 他们被提醒，天仙般的美是存在的，于是，为传播这样的美而工作也是无比的幸福。

"未来之星"望着美女，心中清洁得有如童子。 但禁不住美女勾魂的顾盼，终于意识到大福或大祸就要临头了。 作为美的仆人与神的造物，他无所畏惧。

人稍受鼓励便要做非分之想，这是没办法的事情。"未来之星"先生在美女的芳容中度日如年。 他记起了古训：色者，魔也。 无奈他宁愿走火入魔，那便只能咎由自取了。 谈判桌上，他一天更比一天顽固，更语无伦次，更失魂落魄。 这也越发赢得桌友们的敬重。

终于有一天，"未来之星"先生忍无可忍，冒死提出建议。 他建议谈判改在最高一级进行，也就是他与美女面对面的只有两个人的谈判。 没有人不觉得他发了疯，迄今为止，没有哪位先生与美女单独谈过话，连国王陛下都不曾如此。

美女居然同意了。 街头巷尾，人人都在议论。 人人觉得那部《一切世纪的梦》有望了。

那一夜，"未来之星"通宵失眠。

那一夜，ABC 小姐披衣而起。

对"美女之谜"的调查在加紧进行。 据最新的公告，从美女登船到被迎出海岛的一切食物，均做了取样分析。"乌托邦"号超级邮轮的那间舱房和美女岛的地形地貌，均已在实验室复制完成。 准备向美女请教的问题已论证完毕，并由国王御笔亲批：善。

各科医学专家已调集打谷场市，各类设备在紧张调试，对美女的无损伤性检测即将开始。 另有世界著名的专家组成实力空前的顾问团作为后盾，随时准备为这造福人类的研究贡献才智。 经公民投票，否定了《国宝无损伤性研究大纲》的第九章第十三款，该款认可"男女医师有同等的工作范围"。 公民们无论男女，一致认为这是对国宝的亵渎，于是修正案将该款改为："男性医师除现场执行权外，享有与女性医师同等的工作范围。"众人这才睡得着觉。 男性医师对已到手一千年的权利复失，感到无比惆怅。 好在这是特例。

顾问团提出，对仪器的安全性必须严格把关。 顾问团第二次提议，在检测国宝前，有关人员须积累一百人次以上的操作经验。 少女们一个个破指写了血书，勇敢地要求以身先试，一片赤诚令人动容。

天终于亮起来了，"未来之星"先生去浴室洗了澡，洒了些极淡的8度男用香水。 这一程式，每天去谈判前都要来一遍，不过今天更仔细更虔诚罢了。

那一边的ABC小姐对镜理妆。 她走过一排排衣橱，竟觉得自己怎么就没一件像样的衣服。

在这个美妙的上午，除了问早安和再见，两人竟没有一句话。 相对默默，千言万语俱在其中。 时间飞快，当女仆请示是否用餐时，他俩如梦方醒。

退出后，"未来之星"百感交集，与美女相对半日坐，真是胜阅人间无数。他是个有经验的男子，却束手敛足气都不敢大出，谁料得到呢。

ABC 小姐从此才真正领略了什么叫恋爱。以往读过的小说看过的电影，转眼间有了新义。这一上午，她几次要昏厥，都是嗅了美女香才得以稍稍镇定。人人称道自己的美丽，在她看来，最美不过的是"未来之星"先生，既温柔又有力，连嗓音都那么悦耳，叫她怎能不爱得气急。

午餐时，她仍脉脉含情地忆着那美好的上午。

情绪被一份文件唤回。文件有七卷四十八册。卷首的内容提要指出，遵照国王与王后陛下的提议，经国会一致通过并经首相签署，人们期待已久的解谜工作正式开始。

ABC 顿时心绪恶劣。她恨那些人老缠着自己，没完没了。

工作的第一天便爆出一个特大新闻——

快讯:美女无比贞洁

快讯:谁堪享有初夜

此后，每逢提到美女，必称为"贞洁的美女"。

工作在有条不紊地进行。

爱，在日甚一日地增长。

自那日一别，几天里 ABC 竟无从与"未来之星"相见。日程被那该死的工作排得满满的。 再说，她也被问得心烦。这种情绪与爱是不相容的。

夜晚，打发了记者之后，在武装车队的护送下，回到警戒森严的宾馆，ABC 觉得这样的一天，比当年卖一天货理一天发还累。 只有回到自己的窝，对着梳妆镜一遍遍抚着自己的香腮，才略微感到安慰。

当一个美人真累啊。

好容易等到了礼拜天，去过教堂后，急忙将"未来之星"招来。 可怜的先生，天天起早梳洗，望眼欲穿地等候佳音，眼见得人将等得老去。 等得极苦。

"您来了？"

"贞洁的美女"亲切地招呼，亲手为他倒饮料。

"您叫什么呢？"

"未来之星呀。"

"不是呢，我问小名呀。"

他顿时觉得亲切极了，身心受到极大的震动。

"叫嘟咪、咪咪、阿咪咪，都行。"

"真好听！"

"你呢？"他斗胆问。

"叫我阿 B。"

于是，嘟咪和阿 B 开始了无拘无束的对话。 嘟咪以往的灵气都得到了发挥。 他出语微妙，雅中有谑，于不经心中见庄重，于哲理中觅人情，将阿 B 的脸说得一阵羞红一阵嫩白。 这天的会面以握手结束。 他们的手也如那两位美术家，颤抖得幸福。

情思能不绵绵。

下次会面将以握手开始，这是无疑的。 同样可以肯定的是，一旦握上就不会分开。 也许，"贞洁的美女"将献出她的初吻。 一想到这些，ABC 小姐又失眠了。

夜漫漫啊。

10. 贞洁的痛苦

举世瞩目的学术研究在日以继夜地进行。 经去粗取精、去伪存真、由此及彼、由表及里的精心工作，已接近了问题的核心。 专家们不约而同地指出——

答案在美女岛

代号"美哉"的计划付诸实施。

首批全科目全天候综合考察队的队员已集结完毕，分乘三艘科学考察船，在皇家海军以航空母舰为旗舰的特遣舰队护航下，远涉重洋，直奔美女岛。

各国的谍报机构加紧活动。 几小时内，上百颗间谍卫星升上地球轨道，各电子侦听站二十四小时开机，密码专家日夜工作在破译电脑桌前。 联合国秘书长收到多国政府的紧急照会，请求召开关于美女岛主权归属的特别会议。 秘书长先生忙于和安理会各成员国首脑紧急磋商，谋求原则上的统一。

众多国家派出"观察船"尾随"美哉"特混船队。 船队司令大美上将电请基地实施应急方案《美味思三号》。 基地经请示照准。

太阳式巨型原子能轰炸机群立即升空。 方舟式巨型原子能运输机满载海军陆战队的伞兵立即升空。 护航的原子能战斗机装备强烈型激光炮立即升空。

机群朝美女岛飞去。

各核弹基地进入特级战备状态。 核潜艇携带足够的核报复当量下潜出海。 反核、反潜、反激光、反卫星、反航天飞机、反轨道站，各基地运转正常。

快讯:首批伞兵顺利登岛

快讯:本国政府郑重宣布,自即日起,在以美女岛为圆心的二百海里海域空域,进行代号为"美就是力量"的多兵种混合演习。敬请各国出入该海域空域的飞机船只暂时绕道,各自小心。演习结束时间另行公告。

又讯:太空域照常开放。

一时间，风云突变，剑拔弩张。 为美而开仗，在历史上不乏先例。 联合国秘书长决心捍卫和平，他呼吁各方克制。

宾馆内，依然情深意长。

ABC 小姐并不知道因为自己，一场世界大战迫在眉睫。她过于关注自己的心境，而将这世界丢开了。 她同样不知道，咖啡馆里，关于"美人是祸水"的流言正小心翼翼地出笼。 当然，一切稍有正义感和爱国心的公民是不会信的。

因局势严峻，宾馆的保卫工作加强了一倍。 阿咪咪先生失去了进来的可能，整日徘徊在五条马路之外，愁眉不展。阿 B 小姐思郎心切，茶饭不香。

几天工夫，ABC 懂了许多。 她对"美是有代价的"说法有了深层的认识。 这代价不光是前三十年的做鬼，还有后三十年的成仙。 被高高地供起，与快乐隔得更远。

根据七十五位议员的提议，议会经辩论一致通过，国宝"贞洁的美女"ABC 小姐的今后由国会决定。 国宝享有宪法规定的各项人身权利，包括婚嫁的自由。 但因情况异常特殊，所择配偶非经国会三分之二以上议员的表决认可，不能成婚。 至于世俗间流行的其他两性交往方式，自然为"贞洁的美女"所不齿，因此不予考虑。

这项决议得到朝野各党派及全体公民的一致赞同。

ABC 知道自己完了。 国会是永远不会批准自己结婚的，戒备森严的保卫措施也排除了幽会的可能。 人们愿意自己永远是贞洁的。 她知道自己不是圣母玛利亚，不会圣灵感孕。

要是美不能带来幸福，为什么要美？

要是贞洁不能带来快乐，要什么贞洁？

她哭了一夜，黎明时分，决定由自己将这贞洁毁了。

快讯：天下美人终于成双

ABC 正要起床，女仆闯进来，带来惊人的消息。 一位四十九岁的"美哉"女队员，在美女岛的美女潭游水三十分钟后，出水已俨然是第二位美女，面貌一如"贞洁的美女"。

美女是可以复制的！

这消息已传遍全球。 全球欢腾。

11.如林的美女

因科学工作的重大突破，事态急转直下。

美女岛的所在国政府声称，如列强相逼，不得已时本政府只能忍痛炸毁该岛。 列强声称，该岛实属人类财产，如准许仙水均沾，其余一切都可谈判。 倘若一意孤行炸毁仙岛，便是自请为人类公敌，必将贵国亦从地球抹去，决不宽恕。

谈判开始。 立场逐日接近。

兵器入库。

由联合国教科文组织牵头，约请有国际名望的各学科权威做专题研究。 最后，权威集团建议，在搞清这种人类形态上的良性突然变异的遗传结果前，只可慎重，不可盲动。 为了面貌而损害人类的其他基因，后患无穷，甚至有人类绝灭的可能。 安理会被提请特别注意。

　　快讯:男子何等失望

　　自从美女第二诞生，整个船队分成若干批，人人都到水中泡过一回，人人指望自己也成美人。 美女潭没日没夜地熙熙攘攘，似乎成了澡堂。 令人深感兴趣的问题有了答案:

　　男子无效。

　　男子失望之余，为自己找到排遣的道理。 这世界，如果连男人都日日耽于美丑，那人类又何以生存。 自然，女子又当别论。 既然多少世纪以来，她们为了美费资耗神，今天有了这简便的速成美容法，也去了一块心病。

　　出现了美女第三、美女第四、美女第五……没几天，美女如林。

　　人类的梦想终于实现了!

　　进一步研究发现，潭水不光不能离岛，还不能离潭，一出美女潭便失去神效。

　　因为美女的无限再版的可能，加于"贞洁的美女"ABC小姐身上的国会决议已失去意义。 虽说正式取消须经国会批准，其实已名存实亡。

ABC 重新获得自由。

阿咪咪深情地吻着阿 B。

各国在谈判桌上取得了谅解。

方案经过可行性论证，终于正式公布。 全文加上实施细则，非常的冗长，非专家没有阅读的耐心。 总之，从本方案公布之日起，对打谷场市实行特别管制。 管制期暂定十年，根据实施情况届时适当延长或提前。 该市所有获得美女容貌的妇女，在管制期内一律不准出市，美女的子代同样办理。管制期间，该市妇女分期分批送往美女岛更容，费用自理。有不愿更容的，悉听尊便。 出于人道主义，当局事先警告，本措施属于试验性质，可能会对后代产生微妙影响，对本人的今后，也有不良结果的可能，望该市全体妇女三思而行，届时勿谓言之不预。

为了控制受试验人数，便于观察随访，管制期间，他处妇女一律暂缓进入管制区，违者予以终身监禁，并永远取消其更容资格。 所有外来男子，签证期一律不超过一周，两次签证的间隔不少于三年。 概不批准定居的申请，以维持该市目前男女性别之间得当的比例，不使发生不平衡状态。 此外，管制期间该市妇女一律不得与市外男子结婚，原因除了上述的性比例平衡，也为了防止将某种可能存在的遗传上的不良倾向无限扩大。

关于美女岛及周围海域为和平区、无核区、无工业区的国际协议，已获各国政府的加入。 协议并规定严禁利用美女岛进行各门学科的所有实验，以防出于无意破坏了人类的这一珍贵财富。

方案与协议大抵如此。

世界摆脱了战争危机，进入了一个探索美、实践美的新时代。

打谷场市的妇女们笑逐颜开，有两名妇女一笑而不可收拾，竟笑得大脑都有点异常，被强制送入有关医院。为此，市政府号召妇女们节乐。

调查结果，没有一个女子愿意离开本市，都说"那不疯了吗"，她们在焦急地等待更容。与此相反，市外的几十亿妇女又恨又酸，一个个羡慕到两眼出血。幸好还有个盼头，试验完了后就会推广，那就赶紧多找份活儿，积些钱准备着。

一些正好到打谷场市度假或出差的女子欢喜若狂，赶紧去租房子买家具住下，该离婚的离了婚，该遗弃子女的遗弃了子女，静候更容。这份好运气真是天赐的。

美女岛投入商业性开发。

由联合国出面集资的《美女岛造美计划》付诸实施。财源充足，无论花多少钱都无后顾之忧。因此，施工方案是最完美的。

各项更容工程已招标完毕，正昼夜施工。

因目前尚未弄清奇迹的成因，各项工程均十万分的小心。 无论什么项目，均以绝不破坏岛上原始状态为原则。各大型项目全部置放于岛外的海面。

两组四艘排水总量为一百四十万吨的巨型更容船，分置海岛的南北，船上装有七条更容流水线。 各线运行一个单程正好十三分钟。 数据的确定是根据学者的试验。 试验结果表明，任何一个更容女子，一入美女潭便起良性变化，美的浓度与时间成正比例关系，越浸越美。 但一到十二分三十秒，变化全部停止，从此，永远固定在这个美度上。 为此，流水线设计者采用了十三分钟这一数据，既不至于空耗极宝贵的时间，又留有安全系数。

据观察，所有更容后的女子，美度是一致的，面貌、体形、音色全都一种规格。 显然，这对消除千万年来女子的自负与自卑心理有药到病除的作用。 岁月也失去了作用，再无老少之分，均年轻非常，有如那含苞欲放之花。

排水量各为十万吨的从一星级到五星级的特制客轮，与冷藏船、供水供电船、修配船及四艘更容巨轮串联起来，头尾相接，将美女岛围在垓心。 各船船位由指挥塔台上的中心电脑阵控制，摆幅在十二级风时不超过零点一米。 所有这些船，组成一个庞大但异常有效的群体，被称为"美女村"。

美女村为来岛更容者的饮食起居提供无懈可击的保障。

美女岛周围海域由联合国和平部队接防。 警戒区为一百海里，禁区为十五海里。 任何无特别通行证的船只都严禁驶入禁区。 任何商船，必须进入警戒区者，在十五天前提出申请，经批准，三天前将船名、吨位、出发港与目的港、所载货物及通过时间通知美女村指挥塔台，然后按期通过，不得锚泊。 任何军用舰只不得以任何借口通过，包括水面舰艇与水下舰艇。 一经发现有擅自闯入警戒区者，无论民船军舰，一律不经警告便予击沉击毁，并追查船舰所在国责任。 任何飞行器，不得越过美女岛及周围一百海里之领空，一经发现，一律不经警告便予以击落击毁。 切望各方好自为之，避免不幸事件的发生。

庞大的以"美女×号"为船名的运输船队，将更容者及各种给养源源不断运到美女村。

剪彩大典庄严中兼有欢乐气氛，电视收视率创最新纪录。

剪彩后，流水线正式工作。 从此，昼夜不停。

更容者非常之多，无一不盼着一踏上美女村便立即入潭。 管理机构以来岛先后为序，分批抽签，使更容者觉得十分公平。

抽到白签者都高兴非凡，急忙去更容船报到。 按规定，先要进行更容前的生理和心理训练，以防乐极生悲出了意外。 心理训练主要是正确对待自己更容后的美艳，而不因兴奋过度生事。 生理训练比较简单，只需学会衔住口式呼吸管换气便行。 练完还实习一遍，在巨轮后部的清水池子模拟上一回，再无差错的话，就算通过了。

为保持美女潭仙水的水质，所有更容者入潭前都要进行长达两小时的淋浴，对个别更容者还要进行洗胃、灌肠处理。 表皮有创伤疾患者及月经未净者，暂缓更容。

出于道德考虑，除了医务人员，岛上与更容船的工作人员全部由女性担任。 这些女性已先期成为美女，身着"象征式比基尼"，光艳非常，照顾周到。

更容者在更容公船上宽衣后去淋浴，浴间一片笑语歌声。 时间到后，依次经全方位皮肤光洁测定仪进入备更室，在工作人员帮助下衔好呼吸管，被固定在套中，逐个挂上流水线，开始移动。 在空中移动一段距离后，依次被流水线带入水中，连头浸没，缓缓前进。 此落彼起，到对面的更容母船上着地，松开套具，奔到镜前一看：天哪……连心里都美极了。

更容母船上到处是高大的镜子，想得太体贴人了。

整个流程设计得没一点破绽。 在科技发达的今天，这算小事一桩。

整个美女村，不分日夜地回荡着发自肺腑的欢乐之声。无论是谁，听了都将深深感动。

联合国及世界各国，在美女村常年派驻观察员，监督计划的实施。 各地的记者蜂拥而来，天天发回不可胜数的图像、声音和文字，发回无尽的欢乐。

人们艳羡啊！

据统计，七条流水线同时可浸没 125 人，设计能力为每 24 小时生产 13837.5 名美女。 对打谷场市来说，这个速度够了。 将来如正式接待世界妇女，还可以将美女潭分层开发，充分利用该潭的空间，估计日处理能力可增长 3.75 到 4 倍。前景是乐观的。

圣洁的美女岛，女子向往的乐土。

它在不断地等量地输出美，毫无倦怠之意。

忠实的运输船队，源源不断地送来给养，送来充满希望的更容者，送走欣喜若狂的万千美女。 过往船只经过此地，都长长地拉响汽笛，遥致敬意；在航道上与"美女×号"邮船相遇，乘客总倾船拥上甲板，挥手挥巾，以示祝贺。

试生产期间只有一件不愉快的事。 一个经变性手术而成为女子的更容者，满怀希望地在潭中浸泡了十三分钟，出水后欣喜若狂地奔向镜子，一照，竟一点没变。 这不光叫她（他?）怎么也想不开，还使工作人员大惑不解。 回打谷场市的路上，此人疯了，终于蹈海而终，世人都为她（他?）惋惜。

可见，性的事是无法强求的。 幸好此事极其偶然，偶然到可以忽略不计。 总之，美女岛是全无过错的。

12.百业俱兴

打谷场市的居民掀起无比高涨的劳动热情。 为了赚取平均数为五万美元之巨的更容费，人人都在苦干。 父亲为女儿，丈夫为妻子，儿子为母亲，妇女则为了自己。 尽管广告上称作"优惠价"，但收费仍不免嫌高了些。 可是因它一劳永逸，千古难逢，市民们觉得怎么都不该坐失良机。况且，邻里同事间很有点暗暗比着的劲头，再抠也不该抠在这个钱上。

国家与市政府双重课税，美女税的累计税率高达百分之一千，国库因此而充盈。据测算，美女岛一旦对外开放，整个国家可坐吃此岛，前景喜人。

真是利国利民的善举。

曾几何时，打谷场市是个名不见经传的小市，在全世界的城市排名录中，排五百位之后。自从出了"贞洁的美女"，一下子响亮起来。如今，更该刮目相看。全球各大报的头版头条，十天倒有九天被打谷场市占了。人们谈起该市，即使远隔万里，也像自己的家一样熟悉。

到亲眼去打谷场市看一看的时候了。

旅游者纷至沓来，一时宾馆客店人满为患。为争取外汇，市政府号召开设家庭旅社。市民们也正好赚一笔钱，作为更容费。当然，旅游者更希望住在有美女的家庭，可朝夕饱餐秀色。

因那个方案，旅游者中暂时缺乏女性。这似乎又在开历史的倒车，叫女权分子及非女权分子很生了一阵气。行将消亡的女权运动又有死灰复燃的趋向。男人们对此方案倒不甚介意，身边没有妻子，看起美人方可目不转睛，方可不闹出家庭悲剧。

种种旅游杂志上期期都有打谷场市的广告：

你想置身仙境吗，先生？

打谷场市扩建了海港，扩建了航空港，每日里送往迎来，异常热闹。 就业机会空前增加，再也听不到失业一说，赚钱容易得很。

要不是入境签证上的限期，游客必定舍不得离去。"曾经打谷难为女"，那些依依而别的先生，回到本乡本土，看四周的妇女再无颜色。 当丈夫的，久别归家，竟面对妻子半天动不起情来，实在令妻子难堪也令他良心似乎有亏。

哪天才能轮到我们呢？

整座城市一片兴旺。

首先发财的是制镜商人，对镜子的需求量竟比纸张还多。 人们对"贞洁的美女"ABC 小姐的镜厅依然记忆犹新。 凡有财力的，大小都辟出一室，特地装修。 每天一张开眼就溜到镜厅去了，半夜睡不着也去，到后来，干脆连床也搬了进去。 尽管如此，依然觉得远没照够。

接着走红的是制造摄影器材的商人。

一回打谷场市，人们便把过去的照片连底片烧了，那丑样！接着，当丈夫的稍不留神，妻子就将货买回来了。 胶卷论公斤购买，称上三公斤，几天就拍完了。 拍完去冲洗放大，放到 96 英寸还嫌不过瘾。 最后干脆玩反转片，用幻灯机放得比人大十倍百倍，那美貌一经放大如此，变得更有分量。 玩完死的再玩活的，拍小电影，摄像，摄立体的像，摄三百六十度全景像。 好在挣钱颇容易，只要她们高兴，玩也就玩了。 再说，男人看到这些美并非没有感觉。 市面上凡和摄影摄像稍有联系的，均十分畅销。 各类摄影手册一版再版，供不应求。 一个空前的全民摄影热潮正一浪高过一浪地掀起。 技艺越来越精，流派也日渐增多，到后来，连老于此道的专业人员也不免甘拜下风。 人们呼朋引类，坐在草坪上、餐厅里，各自放映一卷，然后评比，决出名次。 这一活动最后扩大到全市，专门设立家庭制作影像的"美女奖"，选出的前三名分别授予高额奖金及荣誉证书。 此外，获奖作品尚能大量出版，供后进者揣摩学习，以资提高。 旅游者必带一卷回去，放了让家人也开开眼。

连那些暂无美女的家庭也卷进了热潮，未雨绸缪，一旦脱颖而成丽人，立时可摄下倩影。 颇有远见。

生产与经销服装的老板有福了，大大做了一笔生意，打谷场市时兴的服装款式非常简单，一言以蔽之，曰"多露"。 个个穿得像在游泳池里，让肌肤尽可能多地予以炫耀。 从楼上望下去，白了一条街、一座城，煞是好看。

教堂里，申请受洗者猛增。 人们感谢上帝的恩典。

沉浸在初恋幸福中的 ABC 小姐终于如释重负。 坦率地说，在刚听到美女第二诞生的消息时，心中确有几分醋意，有几分"既生 A，何生 B"似的想不开。 沉下心再想，又觉得未尝不是好事，特别当听到那荒谬的国会决议正式取消时，她简直有新生的感觉。 尽管求爱信日少一日，赚钱的营生也被众美女瓜分去，还是拂不了她的兴头。 自己可以自由自在地爱阿咪咪先生了，仅这个好处就抵得上一切。

阿咪咪先生为了爱把专业都荒了。 他当时非常想拍的那部巨片，已有同行接手。 如今，愿上镜头的美女成山成海，巴不得能裸了自己。 于是，好电影也一部接一部地隆重献映了。

阿咪咪不觉得遗憾。

他伴着阿 B 在花前月下散步，心里充满了甜蜜的柔情。阿 B 老成多了，接吻接得相当熟练。 相反，阿咪咪先生的脑袋倒是晕晕乎乎的，仿佛还是童男。

美女的成批炮制，使阿咪咪失去向人们炫耀女友的荣幸。 这多少也有点遗憾。 但是，要不是这样，自己岂不是还只能在几条马路之外转圈吗？ 岂不是只能被爱折磨到发疯吗？ 永远不可能拥有阿 B，只要她还是唯一的美女。 要是他胆敢吻她，用他的臭嘴玷污圣女，人们定将他撕成一片片的，食肉寝皮。

这一切都是命定的，他不再抱怨。

在一个细雨蒙蒙的夜晚，他就留在宾馆里了。 这个夜晚是无限美好的。

第二天清晨，阿 B 牵着阿咪咪的手，两人走出宾馆，叫住一辆出租车，走了。 走进了无数的美女之中。

以后，再没有"贞洁的美女"了。

阿咪咪和其他先生一样，怀着崇拜之情珍爱着他的妻子。 打谷场市欢跃着爱和美的和声，令所有可望而不可即的人感动不已，令他们自己感动不已。

13.天下第一狗

流水线工作得非常出色。

打谷场市，"美女彩票公司"应运而生。 每星期开彩一次，中彩者共十名，可当日就坐上去美女岛的豪华邮轮，优先更容，一切免费。 而彩票只需一美元一张(广告：一美元做成无价的梦!)，条件是极优惠的。

对急需更容的女子来说，省钱还在其次，要紧的是优先。 先更为快是人之常情，很值得同情，就这样，彩票公司门前的长队从未短过。 更有那好事者，当彩票贩子，一张彩票转手可加价十到三十倍，依然抢手。

彩票的成功鼓励了其他商人。 商人的脑子极快，转眼间，形形色色的有奖销售、有奖进餐、有奖跳舞、有奖听戏、有奖开刀、有奖离婚、有奖殡葬……一事一奖，事事有奖，天天开奖，奖得云天雾地。 人人口袋里有一把奖券，每天报纸一到，不看别的光看是否中奖。 行装买奖券时便已整好放入旅行皮箱，要是中奖便欢天喜地，急忙为妻子或女儿提起箱子，一溜烟开车到码头，接吻以后是一串串飞吻。 船远去后，妻子在船上着急得频频看海，丈夫在家则心旌摇荡地苦等。 日子过得很充实。

运输工作组织得十分严密。

按时按质按量将更容者送到美女岛是天经地义的，流水线绝不能空转，那么多人在等着呢。 为预防台风等恶劣天气，美女岛外的美女村总是存着足够的备货，在船期脱班时可立即填上。

"美女号"船队的邮轮有豪华与非豪华之分，充分适应各阶层妇女的支付能力。 坐豪华轮自然十分愉快，更了容还度了假，其乐可知。 坐经济舱的女子却也并不以此为苦，美将一切都变得淡了。 有些精明的女子，去劣来优。 去时坐劣等船，像被贩的黑奴一般挣扎在黑黑的统舱，风高浪急时，不免要将胆汁都吐出来。 一旦成了美女，则在豪华客轮上非常的自足，坐享两份福。 谁知还有更精明的人，去优来劣，理论是一旦成为美人，顾影自怜都唯恐不及，还在乎什么风不风浪不浪呢？ 两者都有道理。

美女村里美女多，但秩序极好。 往日所谓的"三个女人一台戏"的说法，被证明为实属诬陷。 在村里，一个女人便是一台戏，但闻笑声四起，并无污人耳朵的言语。 美女岛上就更加优雅了，吊起—浸入—出水，一切进行得非常自然。出水后，除了"啊"以外，没有别的词。

运转以来，除那起变性者事件，还有两起有点意思的事。

其一是悲剧。 一位八十六岁的老妇人，儿子孝顺，给买了票送上船。 一路的辛苦都受下来了，谁知刚夹上套子反咽了气，就差那么一步，无福领略美的意境。

流水线是不会停的。 老妇人从那边出水，套子松开后，直挺挺地扑倒在地。 工作人员将她翻转，发现面容依旧，没一丝变化。 由此可见，仙水只对活人有效。 这依然算不上是美女岛的过错。

下面的这件事则是喜剧。

一位太太将宠物也带上了船，小狗聪明伶俐，十分可爱。 到更容的那天，太太居然将狗也带去了。 工作人员上前阻止，太太顿时泪水涟涟，为可爱的小生命的不幸遭遇甚是伤感。 她当场开出一张支票，作为爱犬的更容费。 这片诚心，上帝也会感动，何况一个为美服务的女人。 工作人员便放行了。 其实，她也想看看，仙水对狗是否有效。

小狗从那头出水，变得俊美异常，成了天下第一狗。

当天有人仿效，可惜她忘了狗的性别，白白丢了一笔钱。

新闻发到全世界，舆论大哗。 妇女界十分痛心地指出，人尚且只能望梅止渴，却将狗优了先，无耻之尤，天地不容。 就连动物权利委员会的女士先生，也觉得这事办得稍稍有点不妥。 众怒难犯，美女岛上的《更容须知》中添了一款，凡人类以外的一切生物，均谢绝入潭。 这样，绝了那些异想天开者的无耻念头，对保证仙水水质来说，也是非常必要的。

那些从不安分的科学家，很希望做上点实验的。比如狗能更容，猫行不行？乌鸦呢？还有蚂蚁、大象、蛇、猿、苍蝇，以至细菌、病毒。他们心痒痒地非常想知道，经美女岛认定的至美在各类动物上的显现。美女岛的审美趣味是非常不俗的，这已经在若干万妇女与一只母狗身上得到证明。他们甚至想把雌雄异株的某些植物也取来浸上一浸，看看是否也会变异。

对科学家们疯狂的念头，没一个正常人予以赞同。要是由着他们的性子干下去，不把这个岛这潭水弄到毁了是不会罢休的。还是请他们克制一下求知欲，一边歇歇去吧，以免成为罪人。

自然，科学还是要的。另一类脚踏实地的科学家，做出了为人们称道的工作。据研究，更容对人类心理、智力、体格、生命强度、性能力等多项一类指标无不利影响。相反，因为更容后的愉悦感，更容者的心理、生理状态发生了十分有益的变化。

经科学家的深入研究，妇女无论是怀孕中途更容还是更容后怀孕，对子代的面貌均无影响。更容是不遗传的。

据研究，更容与生命长度无直接关联。已有更容者照常死亡的报道。此外，对车祸、中毒等意外事故没有添加的抵御能力。因目前没有病例，有关更容者自杀结果的材料暂缺。据推测，与未更容是一样的。

据研究，妇女更容前的所有体表疤痕，更容后均消失。所有皮肤疾病更容后均痊愈。但是，更容后新增添的疤痕及皮肤疾患则依然如故。科学家建议妇女们凡能预知的手术均以先做为好，或者待手术后再行更容（于是，申请做阑尾切除术者大增）。

据对多次更容者的研究，凡一次以上的更容，均无效，面貌、体貌不再发生变化。在这问题上，美女岛从不受蒙骗。

研究还在继续。

对这些研究成果，人们有乐意也有不乐意的。但上帝给的就是这些，人除了知足还有什么办法呢？

美女岛的被发现，引起了当代探险热。本来在地球上，除了朝地核运动可称为探险，其余一概无险可探。既然美女岛证明了地球偶尔也会来点小幽默，那么探险活动便又复苏了。当然，用不着再扬起风帆了，只需借助电脑研究卫星照片就行。理论界对于地球上是否同时存在一个"丑女岛"以及一组"美男岛"与"丑男岛"，爆发了空前热烈的论争。双方引经据典，都极有道理。暂时还没找到物证。但当代人在理论上的自觉已远非牛顿时代可比，不必等苹果砸了脑袋才去思索引力，而让苹果来证实引力。争论很可能会一直继续到有了新的发现。

看来，美女岛事件将造成哲学界酝酿已久的突破。

14.百分之一百

打谷场市正式更名为"美女市"。

打谷场市迎来了极盛时期。

ABC 小姐与"未来之星"先生如今已成了夫妇。 他们和所有的市民一样，生活得愉快、幸福。 尽管有许多存款、许多股票，他们依然迷恋工作。 阿 B 准备竞选美女市议员，从几天政玩玩，这是很有把握的。 阿咪咪则当上某公司的经理。 白天工作，夜晚相爱，日子比蜜更甜。 唯一的缺憾是限于管制，度假时不能双双出游。 阿 B 体贴丈夫，要他独自去哪儿散散心。 阿咪咪一步一回头地去了。 不料没三天又折了回来。 问其原因，说是外面世界的女子实在丑得惨不忍睹，夜夜做噩梦，做得床垫像水里捞起的一样，出冷汗出得人也快虚脱了。"那就再别出去了。"阿 B 温柔地说。

从此，阿咪咪先生对妻子就更加忠心了。

阿 B 最爱的是逛商店。 无论更容前后，她都极少有兴致或有机会去橱窗前站站。 如今有钱也有时间，身后没一大群警察提着枪护卫，耳边没有山呼海啸的叫喊，正可以从容地站站看看。 橱窗玻璃映出自己年轻而娇媚的身影，她心情立刻又好了几分。

自从打谷场市有了自己以来，街上的商店新开了不少，接天入云的四星五星饭店也百步一幢，车水马龙，兴旺非常。 每当可笑又可气的旅游者将肆无忌惮的目光投到自己身上时，她总挺挺胸，走出几步令他们痴过去的魅步。 就让他们痴过去好了，他们不就为此而来的吗？

整个城市都在大兴土木。 第二条地铁也已开工。

阿 B 的感觉像是到了国外，一切新鲜得很。 又分明是自己可爱的故乡，那乡音非常悦耳。 美女市的方言如今已成了国际流行语言，通用于五洲四海。 旅游者也够聪明的，几天就学会一串话。 问好时，连那土音都模仿得惟妙惟肖，真有他们的！

据说，本市的方言很可能成为联合国工作语言，或迟或早罢了，这是大势所趋。

这一切是因为自己。

本市出口的拳头产品是美女娃娃，尺寸从真人大小到指甲盖大的都有，也穿着"多露服"，非常可爱。 美女娃娃的换汇率甚高，一直供不应求。 甚至有单为买一只娃娃而特地来美女市的。 世界各地均成立"亲爱的美娃"协会，会员十分踊跃，主要职责是协助政府处理绑架美娃事件，以及虐待美娃惨案。 有名妒妇，冒天下之大不韪，竟将一个无辜的美娃碎尸。 消息传出，全世界齐声声讨，终于把那妒妇活活吓死。 事件这才得以平息。

百业兴旺，但也有例外。 化妆品的生产已告结束，那些以往十分得妇女界恩宠的粉露霜膏，一概失踪。 就连金的、银的、玉的、宝石的、钻石的……种种饰物，一律遭唾弃。从美女岛下来的女子，增一分有余，减一分不足，谁还愿用那秽物来玷污自己呢?

人心古朴。

社会秩序持续良好。 再也找不到不满意的丈夫了,夫妻均十分恩爱。 恩爱的当然结果,是久已下降到危险值的出生率猛然回升,人类学家大大地松了一口气。 此外,因所有美女均统一规格,面貌、体形一律相同,讨厌的"第三者问题"自动消失,以往的跟踪、强奸、通奸案,已与本地男子无缘。 男人从古已然的喜新厌旧见异思迁的恶习,第一次得到矫正,这叫志在巩固以家庭为单元的某流派的社会学家极大地满意。

新出生的女孩全都取名叫"美女",男孩则叫作"爱美女"。 这本是积极的事情,没想到多少添了一点乱。 相貌、体态、声音都已相同,名字又同,能区别她们的只剩下姓了。 当然,这种小小的乱子还是颇有趣的哩。

医院刻了一枚新章,凡美女来体检,身体的外部形态栏里一律以此章代替检查。 医生们都清楚"美女型"之章所代表的一串数字,万无一错,无须费神再去查核,仅此一项,省去了多少工作量。

民意测验表明,本市满意现状的市民达到百分之一百。 这是自有民意测验以来的第一次。

美女市的居民太幸福了!

生出一件意外事件。

一天正午，天上突然驶来两架不明国籍的直升机，一架在空中监视，一架迅速着陆于广场。机上跳下五条大汉，在吓呆的人群中绑架了十名美女。美女昏昏的无一点反抗意识，任他们一手一个推上直升机。没等关上舱门，直升机立即起飞，朝海上飞去。

皇家空军紧急出动。

经激战，击落一架，迫降一架。皇家空军没有损失。幸好，美女亦未遭厄运。

审讯中，绑架者一口咬定是爱美心切，耐不住性子才出此下策。调查结果表明远非如此。这是一个新兴的国际性绑架组织，以贩卖美女为宗旨，牟取百倍于贩毒的利益。

世界舆论同声谴责摧残美的暴徒，一致要求恢复早已废止的死刑。

美女市惶恐了多日，直到新的管制警戒措施实施后才民心稍定。大街上逐渐又喧闹起来。

在家闷了多日，阿B又去逛街。街上果然又繁华如初。她买了几件小东西后，突然想到该去美发室看看往日的女伴了。分手以来，天翻地覆，怪想念她们的。

一见之下，彼此都认不出了。她们和自己一样的美丽。自报姓名后，大家惊喜万分。阿B的美遇她们自然比她还知道得清楚。阿B看看店堂，基本还是老样子，只不过添了几幅美女像，多了一条"贞洁的美女曾在本店工作"的标语。

女伴说，现在家家商店发财，但是美发这一行业却属例外，和心理分析医生一样，只能做点男士的生意，这就不免生意清淡。幸好旅游者对美女伺候颇感兴趣，美发室这才没有关门。眼下店堂空空的，没有顾客，几位太太便热情地谈论起来。她们泪眼汪汪地告诉阿B，她们是何等地爱她。她失踪后，店堂多少天没有笑声。等到知道贞洁的美女就是阿B，真不好意思说，当时那个妒忌啊……现在好了，都成了美女。现在好了。

"我也想念你们。"阿B说，"在岛上，我想死你们了！"

这是实话。

令阿B稍觉意外的是，太太们异口同声地抱怨起自己的先生。那个五十多岁的洗发师，拍拍自己娇如婴儿肤质的面颊，指责丈夫未免老得太不像话。何况，越老越丑态百出，反比年轻时更癫狂了，令她时时觉得反胃。

"现在的男人太没质量！"大家异口同声地说。

从街上回来，阿B冷静地打量丈夫，很奇怪自己怎么会爱上他的，还爱得如痴如狂。这个"未来之星"，年龄不过四十多岁，竟连白发都生出来了。手脚也嫌粗笨了些，抱起自己只会使蛮力，全不懂爱惜妻子。最要不得的是那张脸，鄙俗得可以，皱纹丛生，像砂纸一般粗糙，被他吻一次，脸要火辣辣地痛上好几天。

ABC觉得烦闷异常。

一批又一批的游客向美女市拥来。

一批又一批美女从美女岛凯旋。

在一派光怪陆离的美好景象里，美女市的美女们又感到了痛苦。

第三部

> 安逸的妇女啊，要战兢；无虑的女子啊，要受骚扰，脱去衣服，赤着身体，腰束麻布。
>
> ——《旧约·以赛亚书》32:11

15.阴差而阳错

随着美女市美女比例的迅速增高，又开始新的一轮变化。

许许多多妇女同 ABC 一样，终于提出离婚。她们的丈夫虽然极不情愿，被纠缠不过，终于还是和"未来之星"一样签了字。

男人们为了避免被遗弃的命运，开始拼命修饰自己。各种美容院重新登记开业。美发行业、减肥所、烹饪学校、家庭整理速成班、性知识讲习所，一切有助于取悦美女的学问与行业，出人意料地在一夜之间诞生、复苏了。化妆品工厂重新开工，为先生们制造"媚灵香水"。男士开始用起了口红，画起了眉毛，无须的装上假须，单眼皮者开成双眼皮，套上手镯，戴上耳环，招摇过市。 时装也已革命，镶点花边绣朵花是小意思。 自从某先生开了头，男士穿裙子就不再是什么大胆的举动了。 长裙、短裙、迷你裙、无衫裙、开衩开到腰的裙、低领低到肚脐的裙、胸口粘上一片胸毛，远远看去，像插着花一样美丽。

是男子都不再抽烟，但烟草商却没损失，消费转移到女子身上。 叼上一支哈瓦那雪茄，手捧酒杯，纵声大笑，粗话说得小男人们吓昏过去。 打老公成了家常便饭。 老公挨了打，只好回娘家，只好躲在灶间哭。

女人的好时候到啦。

ABC 一个月就扔了七个男人。 男人多的是，招来挥去，像唤狗一样方便。 既然如此，谁还当他妈什么节妇贞女呢。

现在的女人，想什么就说什么做什么，从来不装假。

让男人照镜子去吧，烧饭去吧，洗衣去吧，妒忌心十足地小心眼去吧！

男人们的臀部逐渐丰满，嗓音逐渐尖细，胸部也似乎隆起。

这一切令市政府和市议会深为不安。 趁还有几分勇气，赶紧召集紧急会议，准备通过暂缓运送妇女上美女岛更容的决议。

妇女们对此滑稽举动，觉得可恶又可笑，干脆一声呐喊，重新投票，将那男子政权废了。 此后，市议会市政府几乎都是妇女任职。 作为点缀，议会中也有两个男议员，像花瓶一样摆着。 市政府官员也有男士一名，派他去整理环境卫生，成天与垃圾厕所打交道。

ABC 终于当上了美女市市长。

"男权运动"开始发展。 ABC 市长说：让他们叫去吧。

这一切，引起各国政界人士的非常兴趣。 他们密切注意美女市事态的发展。

各地妇女羡慕得快要死过去了，她们盼望着快快轮到自己。 自打母系社会以来，这样的好时候还没出现过呢。 她们在道义上声援美女市的姐妹们。 她们不傻，知道自己与她们不过是十三分钟的差别。 有了这十三分钟，自己也就升华了。

各地的男子也开始不安了。 女人到底是祸水，看看，这不证实了？ 这个地球早晚要毁在这帮美女手里。 男子觉得就快要上对不起祖宗下对不起子孙了。

不过，不到黄河心不死。 去美女市看看，活脱脱的美人们着实可爱得非常，虽说神气傲了点，但傲也是一种韵味呀。 为了这样的美，死也是值得的。

看来，只有等死了。

美女市一年一度的选美开始了。

今年的选美改了性别，选男不选女。 这是 ABC 执政后的第一项德政。

音乐声中，男士们五个一组地上台，身穿一点式，做着各种轻佻的动作，赢来女士们的一片掌声。

九女一男，十个评委正襟危坐，一丝不苟地打着分。

这组少男特别受欢迎，因放荡中兼有几分羞怯，很传神的。

评选结束，本年度的美人上台领奖。他接过鲜花，泪水盈盈。掌声如雷。他将头埋进花丛，咬着小手指，羞红了脸。

当天的舆论及几小时后的权威评论一致认为，选美活动是异常成功的，它开创了选美的新纪元，意义深远。

ABC 市长的信心更足了。

当晚，她将当选美人招呼到榻上。

16."我看够了"

身为美女市市长，ABC 满意地看到，更容工作进行得很有成绩。要不了多久，整个城市的妇女都将成为美女，美女市的称号是当之无愧的。

在庆祝美女市建市二百五十周年大典上，美女们出尽风头。

ABC 市长宣布庆祝活动开始。

各国和各姐妹城市的来宾看傻了眼。广场上，数十万名一样身高、一样体形、一样容貌的美女，以一样的嗓音高呼"美女万岁！美女万岁！"的口号，正步通过检阅台。美女们全无阴晦之气，人人威武，个个阳刚，叫来宾与坐在电视机前的人们看得呆住。

这是世界妇女扬眉吐气的一天。

这是自有人类以来，从未有过的盛典。

广场中央的"贞洁的美女"，笑吟吟地望着姐妹们。

大典之后，ABC市长拨冗重上美女岛，视察更容进程。

美女岛已不复当年的沉寂。那美女村里一片笑声、感叹声，令ABC市长听得心中喜悦。美女和将要成为美女的妇女们，争先恐后为市长祝福。

蓝天白云之下，美女岛分外秀丽，岛上七条流水线穿梭往来，一派繁忙景象，但忙得秩序井然。工作人员态度和蔼，动作准确。她们建议ABC市长再下一次潭，市长笑了笑，谢绝了。有那么多的姐妹等着更容，自己就别贪这一时的快乐吧。流水线从她面前经过，更容者个个喜笑颜开，如饺子一样下到潭底。十三分钟后，熟了，浮出来，真他妈美丽极了。

礼拜五在哪里？

在ABC的内心深处，仍为海龟礼拜五留着一席之地。在那些暗无天日的日子里，是礼拜五陪伴着自己。回想起来，心中还觉得温暖。

回去之后，再塑一个像。将自己塑成坐在海龟的背上。那伙好事的记者又该乱猜了。就让他们猜去吧。这个塑像，应当放到首都的宪法广场。 自然，那要等 ABC 当上首相，那日子不会太远了。

麻烦事终于发生了。

开始只是小小的不便，比如认错人什么的。 因美女的面貌相同，声音相同，叫错是常有的事。 这比较好办，在胸兜前后印个名字就行了。 新的风气，在街上见了人通常不再打招呼，以免叫错人彼此尴尬，而代之以一笑。 这一笑有个好听的名字，"美女市的微笑"，简称"美笑"。

民事诉讼渐渐多了起来。 经常有男孩的母亲告到法院，控告某个老不要脸的女人，八九十岁还装妙龄处女，诱拐她的儿子。 这就比较棘手。 暂时还没想出好的对策，只能在电视节目中呼吁男孩及其家长各自小心。

冒名顶替的事也时有发生。 证件已不起作用，因照片只有尺寸的不同，没有面貌的不同。 女人只需更容后拍上一张证件照，可用到老死。 以后连这个都不用了，要照片去铺子里买一张美女像便能贴上，你就是我，我就是你，没有区别。 照相业已凋零到全市只剩几家小店，做点旅游者及本市男市民的生意。 但前景并不悲观，市场专家预测，一场男子摄影热就快爆发。 目前他们忙于家务，没有空闲，等家务稍稍熟练后，会有无限高涨的摄影热情，不会亚于当年的美女摄影热。

幸好容貌虽变更，手纹还是老样子。 于是，女子的所有证件一律取消照片，改印手纹。 这是非常不方便的事，事出无奈，只能将就了。 验手纹机正在加紧实验，据说样机的诞生已为时不远，有关工厂正在做批量投产的准备。 安全部门对这件事非常关心，抓得很紧。

坏女人也多起来了。 美女们暗中换夫，夫还蒙在鼓里，被中一番温存，以为仍是妻子。 此风愈演愈烈，人心不古。

发生在美女市的一系列变化表明，当年专家提出先试点的建议是非常明智的。 美女市的成功或失败将给整个人类社会提供有益的经验。"伤其十指，不如断其一指"，专家们当年正是基于这个原则。

美女市的美女实在太多了。

她们多想到外面去走走啊，老待在这小城，真快闷死。要是能出去，在当地便是独一份的美，也能享有"贞洁的美女"曾有过的那份光荣、那份得意。 可惜，整座城被兵围住了，围得滴水不漏。

美与美相互抵消了。

渐渐地，那些男人似乎也开始不逊起来了。

有一天，美女市最热闹的美女大街上，一个男人赤身裸体在马路当中狂奔。 人们驻足望去，只见他挥舞双臂，口中不停地号叫：

"我看够了！ 看够了！ 看够了！"

快讯:看够了!

他无疑是疯了。 最后好不容易才逮住他，塞进警车，一直送到精神病院。 医生请他尝尝电休克的滋味。

大不敬啊，居然说是"看够了"，不是疯子是什么?

可是，从那天起，每个美女的心头都沉甸甸的。

ABC市长发布了一道紧急行政令，不准本市的男性公民出市。

发布行政令时的解释是说为了体现男女平等。 可明眼人知道不是那么回事。 如果再不关闭市境，男人们将逃得一个不剩，美女市真要变成名副其实的美女市了。

与其说他们不堪虐待，不如说他们"看够了"。

私下，连女人自己都觉得"看够了"。

一夜之间，"美女"这个词变得俗不可耐，臭不可闻。凡形容坏东西都用上这个词。

"那玩意儿，美女! "

"你别美女了! "

"那味美女得呀……"

"要是哄你，我就是美女! "

坏了的路灯被称为"美女灯"，破了的鞋被称为"美女鞋"，快倒的房子被叫作"美女窝"，头上的癞疤被叫作"美女花"，放屁被称作"美女笑"，撒尿被叫作"美女哭"，死人被称作"美女睡"。 至于强盗、骗子、贩毒者、贼、慕雄狂们，一概被称作"美女人"。

美女们听到如此刻毒的语言，个个伤心落泪。时间一长倒也习惯了，说顺嘴时，自己也会带出个这样的词来。

男人在家中看厌了老婆女儿，想寻乐又出不去、进不来。忍无可忍，终于兴起同性恋热。此类刊物多起来了，销数也大起来了。寸土寸金的闹市，新开了一排同性商店，商品品质与服务质量均堪称楷模。

老处女日多一日，以至政府指令把老处女的年龄标准定到五十岁。不足五十岁者，婚姻介绍所一律不予接待。

美女市被列为"三性社会"。男子分裂为两性，相互爱慕，剩下的一性孤苦伶仃，守着据说是很美的相貌，毫无生趣。出生率已掉到历史最低点，接近零。

本市出品的电影中再也没有女人，除非是恐怖片或笑剧。美女一上镜头，观众要么笑得死去活来，口哨一片，要么吓得浑身哆嗦，尿不自禁。效果就是这样强烈。

美女们想念过去的时光。

流水线停止了转动。

美女们向神祈祷。

17.美在于区别

ABC卸任回到家里。

男子卷土重来，轻易就复辟了。

往事如梦，不堪回首。广场上，"贞洁的美女"还立着，但已说不清是光荣还是耻辱的象征。

和自己相好过的男人一个个走了。 起初，是自己扔了他们，后来则是被他们扔了。 没有家庭。 没有子女。 折腾了三十余年，依然是个女光棍，依然只能缩在家中。

有钱又有什么用呢？

家中已经和过去一样，再也没有镜子了。 想看自己的时候，看看别的美女就行了。 照相本上积满了灰。 ABC 想拿去烧掉，意外地发现本子里掉下一张自己十三岁时的相片。

那时候，自己多美啊！

从当上美女至今，有什么收获呢？ 的确，多了些钱，多了性的经验。 但和有钱没处花一样，有经验无用武之地。空学了屠龙之技，反比当年更烦闷了。

脑中如电光石火般地一闪，她醒悟了：

美在于区别。

街上流行长裙子。

那种三点式的装束已成为笑柄。 自从流行开长裙后，ABC 发觉，男人会多看一眼了。 当然，暂时还不会有盯梢或强奸的事，但充满诗意的一天迟早会到来的。

长裙一直遮到地面，颜色五彩缤纷，质地也各不相同。但宗旨是一样的，就是遮起叫人羞愧的身段。 自从更容，那身皮子便成了铁甲，无论怎么吃，再不会推进拉出。 长肉的话，也只朝里面长，把内脏压迫得如压缩饼干，体形依然如故。 只能借衣服来遮丑。 几天后，被认为最美的一种款式是马粪纸的面料，像酒桶一样直上直下，尽管穿后不太方便，但确实有种雅致的美。

裤子的流行稍稍晚了一点时候。 先是筒裤，后来又变了式样，裤腿猛地肥了起来，臀围也尽量放宽，直宽到在胯骨旁挂下两片，看去像两个小耳朵。 小耳朵发展成大象耳朵……档在加长，拖到膝盖，拖到小腿，再往下拖，终于又变成了裙子。 该死！

成衣商动足脑筋，千变万化，终于没能满足顾客如饥似渴的"区别欲"。 只有两个星期，人们便见怪不怪，看什么都能接受了。 有天，有位妇女居然穿着铠甲戴着头盔上街。第三天，人们便立即学到了。 衣着打扮没有专利权，一向允许抄袭借鉴。 最后，所有挖空心思想出的花样，其优势最多保持一天。 这太短了，远远不够用以征服异性。

在宽大的袍子里，有的美女缩起两腿，装成矮子。 有的买来高跷，学着走步。 街上的人流从此参差不齐了，可不是悦目了许多。

当个美女真是太难了！

最要命的是脑袋。

最先流行的是帽子。 历史上的帽子都搬出来戴一遍后，就开始创新。 横里发展，发展到可遮一亩地的阴。 往上发展，直插云天。 一天帽尖被鹰啄了一口，啄得帽子栽下来，竟横跨了三条马路。 圆形、四边形、三角形、梯形、菱形、卵形、不规则形，是形都用上了，也不过好看了那么几天。

人的想象力还是太弱。

一切的美，归根到底是人体美。

ABC 女士是较早认识到其中奥妙的一个。 她重新求助于化妆品，将脸蛋涂得与众不同。 果然，有个老翁上了钩。可惜第三天他便走了。 ABC 到街上一看，街上全是花脸。

ABC 再接再厉，将脸涂成中国京剧的脸谱。 人们青出于蓝，涂成半黑半白或半红半绿的阴阳脸，头上的头发也剃成阴阳，结果这形象连续上了三天电视。 不消说，能有几夜的艳福。 美女们群起效尤。

美容学校比比皆是，教人们怎样用最现代派的观点来处理面容。 化妆品行业欣欣向荣。 油画颜料、水彩颜料、墨水、墨、油漆等等等等，总之，一切带颜色的涂料都非常畅销。

街上真好看极了，五彩缤纷，万千气象。 三天不上街，就同隔了一个世纪的人，落伍到不堪与其论说。

ABC 女士终于又想出绝招。 她在新买来的大镜子前足足忙了三天。 忙完了，朝镜中一看，自己浑身上下都粘上了兽毛，活脱脱一个超级毛人，毛人他祖宗。 照完镜子，心中十分得意，上街一走，果然极受称道。

几天之后，毛人遍布全市。

"区别欲"还远远没得到满足。

最有意思的是制镜子的老板。美女一出，争相购镜，镜价直线上升，一时竟比羊毛地毯还贵。美女一得势，男人也卷进照镜买镜的狂热。以前有个老笑话，说捉公苍蝇在酒杯上捉，母苍蝇在镜子上捉。那一阵，全颠倒了。可是没多久，男人翻了天，美女也不美了，镜子不光没人照，还看着讨厌，"乒乒乓乓"都砸了。弄得现在要往身上粘毛也没法粘，只好又买新的。

镜子商可真发了点财。

广告推出最新产品：哈哈镜

商品介绍上称，本产品人到形变，能胖能瘦能长能短，变化无穷，神奇非常，寓美妙于歪曲之中，人见人爱，先睹为快。

畅销。

广告推出最新产品：去美牌雀斑霜

商品广告上称，本产品多涂多斑，少涂少斑。可以涂脸，亦可涂身。如购买本产品一打以上，可以免费提供技术咨询，并由专业去美师为君服务。本产品严格实行"三包"，如搽用后半小时雀斑数不足五十颗，雀斑直径不过五毫米者，包退包换。

畅销。

广告推出最新产品：得味牌狐臭露

商品介绍声称，本产品气味浓郁，臭得正宗。可涂腋、涂耳、涂鼻，露到臭起，作用持久，无副作用。本产品从二十分之一份到全份，规格齐全，供君选择。请认明得味牌双狐商标，谨防假冒。如有特殊需要，可来电来函来人洽谈定制。本公司为恶臭事业不遗余力，全力开拓臭的领域，欢迎各界人士光临指导。

畅销。

广告推出最新产品：昏得过口臭粉

广告推出最新产品：坑得深天花蜜

广告推出最新产品：秃得净去发水

广告推出最新产品：灰得很指甲油

一律畅销。

广告推出最新系列产品：粗八圈假腰，垂到地假尾，一支秀假角，立得稳第三腿……

畅销。

广告推出最新美容术：双眼皮变单眼皮；顺风耳变招风耳；变龅牙；变豁嘴；变酒糟鼻、朝天鼻、马鞍鼻；变平胸，变鸡胸；变削臀；变罗圈腿；变绿豆眼；变伸舌样痴呆状……

广告指出，本医疗中心致力于当代美的开发，天地大得很哪！另有整容整音手术种种正在试验之中，一旦通过鉴定，立即向大众开放，欢迎预约。团体顾客一次满三十人以上者，费用享受八五折优惠。本中心能力有限，欲美者从速。

一律风行一时。

文身术大兴。美女们文得兴起，恨不得自己有三张皮。

变肤色术大兴。白皮肤变红肤、橙肤、黄肤、绿肤、青肤、蓝肤、紫肤。更有叫不上名的种种肤色，将人的视觉能力充分调动起来。

单色肤很快又不时兴了。各种彩色肤图案粗美，造型奇特，使旅游者眼界大开。画家们都转搞实用艺术，以人体为画布，技艺日高一日。在每周举行一次的人体美展上，得奖作者趾高气昂，得奖作品身价倍增，随意挑选意中之人。

每当街上走过一个缺臂少腿的美女，人们两眼瞪得要掉出来，一个个羡慕得想掐死她。

本年度的选美即将揭晓。 因男子执政，按旧例选女子为美人。

音乐声中，当选美人被搁在支架上推出。 评选主席介绍，本届美人因富有古朴的风韵及神话色彩而当选。

当选美人在支架上频频蠕动。 其为头身三度烧伤的未完全康复者。

没人鼓掌。

女人不寒而栗。

男人不寒而栗。

整个世界不寒而栗。

18.只有神如故

在那艰难的岁月里，ABC 女士曾去过一次墓地。 那位差点荣获诺贝尔和平奖的船长先生静静地安眠着。 发生在美女市的一切，是他不曾料到的。 他也不知道还有美女一说，尽管他为岛子命了名。

一切与他有关，又与他无关。

从墓地回家的路上，ABC 女士心情沉重。 被改称为美女市的打谷场市，它的光荣时代无疑是过去了。 美女岛虽已关闭，但留给该市许多难以治愈的创伤，还得痛苦几十年。

幸亏，不曾遗传。

路上，她竟遇到了"未来之星"先生。

她的第一个男人朝她走来。 她发现，他走路的姿势是那样的美。 他不会要自己的。

"你好！""未来之星"朝她伸出手。

阿 B 羞愧地抚摸着胸前的合金姓名牌，百感交集。

阿咪咪牵着阿 B 的手，将她领回家去。

曾荣耀一时的"贞洁的美女"ABC 女士，又成了"未来之星"先生的太太。

她说不清心里的种种感觉，只知道自己又将成为女人了，真正的女人。

她当太太当得非常的好。

早上，听着闹钟起身，给丈夫煮咖啡去，这阿咪咪爱喝咖啡，却又讨厌速溶的，却又讨厌自己煮。 命好，有什么办法呢？ 用罢早餐，开车送他上班，等他在自己脸颊上匆匆一吻跳下车去，时间才是自己的。 开着车慢慢回家，途经超级市场顺便买点食物带回。 一个人在家，午餐非常简便。 实在闷得慌，便打个电话给先生，和他说几句闲话。 他的话总说不长，不到十分钟便鬼催着似的要挂电话。 有时也打电话给美发室的女伴，她们倒是热情得很，一个挨一个地抢着和自己说话。 女伴邀她重新来工作。 自从男人造了反，店里的生意又好了起来，老板很记挂她的。 晚餐后上床，ABC 小心翼翼地向先生提起话头，谁知他立即沉下脸，也不说声行或不行，只怪她扫了他的兴头。 ABC 知道事情无望，心里闷闷的，却还要装出不介意的样子。 她觉得男人太霸道。

在那鬼迷心窍的年月，她现在的先生"未来之星"也是一个同性恋者，并当上同性恋者协会的理事。 与 ABC 复婚后，他很长一段时间提不起兴致，这叫他自己都觉得尴尬。阿 B 耐心又委屈地唤醒了他。 据阿咪咪事后说，顺乎自然确实要愉快得多。 可是，阿咪咪的自然很快就叫阿 B 有点受不了。 每当接到他"不回来吃晚饭"的电话时，阿 B 便独自小泣一场。 从阿咪咪衣服的香水味上，她知道他找的远非一人。 这多少叫她心宽。

一天晚上上了床，休息时她终于忍不住了。

"你找的都是谁？"

"女人。"阿咪咪平平淡淡地说。

"是什么女人？"

"唉，反正不是美女。"阿咪咪说着又补充一句，"过去是，已二度更容。"

ABC 几乎要羞死。

"别在意。"阿咪咪摸了摸她的肩膀，"有时，这也难免。"

她觉得"未来之星"非常无耻。

她也想过去二度更容，丢开那张可憎的皮。 她希望自己的身上有几颗黑痣，有一两处细疤。 腿可以有一丁点儿罗圈，嘴可以再大上一圈，牙不必如此齐整，乳房挂下来点也不妨，毕竟三十多了。 她知道，正是因为那点小小的缺陷，人才显得亲切自然。 但是，变回到过去就太过分了，会更快地失去阿咪咪。

也许，阿咪咪喜欢呢？

在他情绪好的时候，阿 B 问了他。

"又要更容了？"阿咪咪笑了笑，"好啊，变就变吧。"

"我将变得非常难看。"

"还会比现在更难看？"

"会的。"

阿咪咪取过本画报，拍拍封面上的本年度的美人。 那位三度烧伤者扭着脸在挤出比鬼还难看的笑。

"比起她怎么样？说实话，我觉得她怪美的。 不过，确实不怎么人道。"

那么，全看自己了。

ABC 整整想了三天三夜。 绝望中，她祈求上帝给自己力量。 人总是渺小的，何况男人治下的女人。 她觉得自己孤立无助，非常非常的可怜。

忽然，她想到了礼拜五。 礼拜五无限惆怅地看着自己。

忍耐吧，即使这样的一身皮囊，也是上帝所赐予的。 ABC 决心不再想二度更容的事了。 自己是始作俑者，没有自己，就不会有那么些凄凄惨惨的美女，不会有美女市。 自己是不能逃避神的责罚的。 把自己的罪孽承当起来吧，勇敢一些。

ABC 以主的宗教精神来慰藉自己。 虽苦犹甜。

让阿咪咪去自由吧，阿 B 想，人都是自由的。

她频频出入于舞会、沙龙，出入专为旅游者举办的"如梦的二十四小时"一类的不足为外人道的活动。 尽管本市的男子已经不再亢奋，那些远道而来的旅游者还是极有人情味的。 于是，她重新找到了快乐与自信。 她相信，这一切均出于神之手。

神是无所不在的。

这是一个相当美满的当代家庭，在《家庭》杂志向读者推荐的十种家庭模式中名列第三。

在各种联谊活动中，阿B逐渐理解了阿咪咪，确实，这是难免的。 她因理解而生出新的爱，更喜欢阿咪咪了。

阿咪咪大概也是如此。 她想。

不久，神又伸出怜悯的手，阿B怀孕了。 怀的是阿咪咪的孩子，绝不会错的。 孩子在非常和谐的家庭气氛中渐渐有了眉目。 生产时不很顺利，阿B苦了两天，吃了一刀。

儿子非常可爱，但说不上究竟像谁。 分开看，眼睛以上很像父亲，但其余的就不甚了了了。 这也难怪，阿咪咪从未见过阿B的真容，就连阿B自己都有近二十年没见自己了。何况被美女不美女的事儿一搅，记忆难免出点故障。

只要是自己的儿子就行了，阿B想。 阿咪咪也这样想。

为了纪念他们的爱情，给儿子取名为"B的咪"。 名字非常动人。 也有叫错的时候，叫成"咪的B"，同样还是动人。

在 B 的咪或咪的 B 三岁时，阿咪咪和阿 B 离婚了。 没有什么特别的理由，夫妻应当说还是很和谐的。 可是，过于和谐便为当代人所不取，时尚如此，批评不批评都这样一回事吧。 反正，阿咪咪和阿 B 握了握手，离婚了。 分割财产时没有纠纷。 唯一委决不下的是儿子的归属，既然各持己见，那就请求法院来裁决。 官司打得心平气和，两人及其律师均没损伤对方的形象。 这在《家庭》杂志推荐的十种离婚方法中，名列第四。

听说，法院就快要判下来了。

专家们满意地看到，在历经种种磨难之后，打谷场市又恢复常态。 人确实是比较伟大的。 当然，这是相对禽兽而言。 在神的面前，人永远是那么的可笑与可怜。 人应常存敬畏之心，礼赞上帝，洁身自好。

愿神与人同在。 阿门。

19.宛如一梦

根据联合国决议，全球的科学家在通力合作，以无懈可击的人道主义精神，找寻使美女再度更容的配方。 理论分析表明，这样的制剂是存在的。

找来了许多猫狗，更容后作为实验动物。

一次又一次地实验，一次又一次地失败。 这并不比攻克癌症轻松。

在十几万次的实验中，仅有一次似乎离成功近了一步。当实验狗从试槽取出，与原先录制的影像对照时，他们发现狗容大变。

消息报道后，美女市的市民兴奋异常。

紧接着，不好的消息又传来了。

进一步的实验表明，所有在试槽浸过一小时以上的狗，均会变容。可是，又变成一样的身材，一样的面孔。如果实验用于人类，就需要为每个更容者准备一个配方。这无论在财力还是技术上，都是目前难以办到的。

实验停顿。

为了避免居心叵测者利用现有实验成果，经专家组讨论并报联合国安理会批准，销毁已配成的制剂，并将一切数据从电脑中抹去。所有曾接触过实验数据者，都须起誓，决不回忆，决不泄露，否则，甘愿身受极刑。

作为补救办法，凡是希望二度更容者，都可以登记在册，手术整容。为防止新的弊端，更容者只能变回原先的形象。限于医疗力量，仅能局限于脸部整容，其余部位概不考虑。五十岁以上者也概不考虑。即使这样，有幸做手术者比起申请者依然少去许多。毕竟不同于在流水线上，变过来只要十二分钟三十秒，变回去需几个小时。

整容医院新办了好几家，医师正在培养中，正在从世界各地赶来。不过，这件事似乎有点微妙。来申请二度更容的虽不乏其人，可比预测的要少许多。美女们有观望心理。

她们希望别人都去更容，这样，区别有了，自己也依然美丽着。 她们对自己过去的容貌并不满意。 如今，虽说沦为美女，但大家平等，美则同美，丑则同丑。 如再次分出高下，只能我高人下，否则对心理平衡又是一次毁灭性的冲击。 于是，美女们驻足不前。 她们想到一块儿去了，所以，想当硕果仅存的美女也只能是梦想。 俗话说：做梦是女人的天性。看来没有说错。

人都将不人了，还牢牢记着要美，这精神真是惊天地泣鬼神啊。

这真是个奇怪的城市，短短三年，居然发生了那么多的变化。 而且，每变化一次，总会有人可借此发一笔不小的财。 可惜，谁都没事先料到，下次又该变成什么，又该轮到谁来发这笔仁义之财。 只能碰运气了。

只有神的殿堂永远不衰，无论发现奇迹之时，还是魔邪逼身之日。 按异教徒的诽谤，上帝是最精明的商人。 唉，人啊，你过于软弱了。

美女市终于又被改了回去，重新叫作"打谷场市"。

广场上，"贞洁的美女"的塑像依然立着。 曾有提案说是毁去，表决时因赞成者寥寥，于是也就罢了。 人们觉得，还是立着的好，不管作为曾经有过的光荣还是令人难堪的羞辱的象征，就让它立着吧。

每天，美女市的先生们从塑像前走过，总把脸转开。 并非出于厌恶，如今，连厌恶都没有了，只不过缺少感觉罢了，心里空空的。

　　每天，美女市的美女们从塑像前走过，总忍不住朝它望上一眼。　并非出自怜爱，照一下镜子罢了。"贞洁的美女"嘴角永远挂着"美笑"。　她们说不上这微笑是美是丑。　她们早已不知美丑为何物了。

　　在联合国大会表决炸毁美女岛的提案时，有三十一个国家的代表弃权，其余都投赞成票。　没有反对。

　　在决定全人类未来的事情上，理性胜利了。

　　他们庆幸，当初没有为这邪恶的岛子开仗。　太不值得。

　　炸岛实况的现场转播权，被打谷场市的美女电视台以骇人听闻的巨款买去。　据悉，打谷场市的市政府也出力不少，他们自以为有此责任。　通信卫星将实况传遍全世界，每台电视机都开着。

　　五架稍经改装的超级运输机，飞临美女岛上空。　机上的摄像摄影镜头对准即将消失的岛子。

　　"再看一眼吧！再看一眼……"

　　现场解说员以发颤的声音一遍遍说着。

　　无论上过该岛还是曾对该岛心存可望不可即幽怨的人们，均在深深叹息。

　　作为特邀代表，"贞洁的美女"ABC 女士坐在飞机上，绕岛盘旋。　她热泪盈眶，为美女岛一遍又一遍地做临终祈祷。

阳光下，美女岛异常艳丽。岛心的美女潭清澈见底，宛如无限姣好的美女。

联合国秘书长开始念倒数。正格林威治时间零点零分零秒，他以极微弱的声音勇敢地哼出了两个字：

"起爆……"

——"再看一眼吧！再看一眼吧！再看一眼吧……"

一团红云冲天而起。紧接着，火山喷发了，岩浆奔上云端，声震如天崩地裂。片刻，火山灰遮住天空与海面，暗无天日。

ABC热泪夺眶而出，失声痛哭。有如亲爱的祖国沦于覆灭。

全世界的妇女潸然泪下。

再也不会有这样多情的梦了。

九小时之后，海面恢复平静。

荡然无存。

科学家测出，在原岛的位置，海底是水深两万米的海沟（正负误差一米）。在地球上，这样的深度是不可思议的。并且，根据人类已有的知识积累来推断，在这样的地质构造上不可能存在那样一个岛屿。

但是，几十万美女却是真的。

宛如一梦。

尾声

色不异空。空不异色。

色即是空。空即是色。

——《般若波罗蜜多心经》

作为旅游胜地，打谷场市每年要接待几千万游客。 美女娃娃还在生产，依然畅销。 广场上"贞洁的美女"的塑像前，终日排起长队。 它与几亿人合了影。

为防止尚未探知的灾变可能，该市的美女依旧被禁止出市。 作为通融，允许她们乘上海轮，不着岸地去海上、去太平洋转上一周，就同当年的 ABC 小姐坐"乌托邦"号邮轮一样。 当轮船驶过一处海域时，船长会指着一片碧蓝的海水，告诉游客那便是美女岛旧址。 于是，美女们各自回想起当年上岛更容的旧事，回想起当年女子执政的盛况，不兴奋也不悲戚。

妇女如今也获准来打谷场市了。 她们看着擦身而过的美女们，既羡慕又庆幸，感情是很复杂的。 有她们在旁，当先生的也收敛了些。 社会风气因此而大好。 旅游者能如此儒雅，自然是非常受欢迎的。

世界各地的报刊上，经常可见到有关打谷场市的游记。要是编订起来，恐怕得出几百卷，并还一直出下去。 作者们各显才智，写得趣味盎然。 得到他们众口一词称赞的是，该市连美女也非常谦虚。 言下之意，是请本国的美丽女郎也略略学其一二。 用心是很苦的。

在自然规律的作用下，一代佳人逐年逐月地少下去，少下去。 游客并不减少，是因为惯性，也因为世上之物都是愈稀愈贵。 关于美女岛的传闻已变得近于神话，众说纷纭。人们非得亲自来望一眼，心里才踏实。

当打谷场市的美女少到只剩 ABC 女士一个时，她在无疾而终的前一年，以一百零一岁高龄，无可争议地再次在选美中光荣获胜。

女人们向她投去艳羡的目光。 人们发现，她那无与伦比的面容与身段，与玉立于广场的"贞洁的美女"一样艳丽，一样清新，成为人类的美的象征。

她是第一个，也是最后一个。

1985 年 6 月 6 日至 6 月 11 日于江苏昆山

1985 年 6 月 22 日改毕于上海

在时间中,在想象中

—— 40年后重读陈村

何向阳

40 年后，重读《走通大渡河》，仍然让我心惊不已，那个词几乎就是从天上掉下来的，在纸上翻了几个跟头，落下来，震撼。 没错，很少有一部小说 40 年后重读还会有震撼的享受，然而，陈村的《走通大渡河》正写于 1984 年。 想想看，那年，我刚刚考进大学。

30 多年前，应该是 1989 年，我曾经写过一篇谈及陈村小说的评论，1990 年发表于上海的一家杂志上，好像是《上海文论》，这本杂志好像也改刊了。 那篇评论的题目是"隔着墙壁的对话"，副题"读解陈村"。 但现在，我复读掩卷，在心惊之后怀疑，我真的读懂过他吗？ 那篇评论我可是言之凿凿，信誓旦旦，我似乎指出《蓝旗》《一天》之后的陈村，其小说的内核在崩溃——也许当时没用这个词，但意思相近，而我因成为这场"雪崩"的目睹者而心有不甘。 那篇文字中我也对《象》与《美女岛》表示出不解，认为另一个真实的作者被掩盖在了故事的后面。 那么，也许，时间过去了 40 年，或者我有幸作为复读者，来谈一谈新的读后感。

在时间中。 这是我的第一感受。《走通大渡河》在我以前的评论中极少提及，然而现在看它的确是一部杰作。 一部在 20 世纪 80 年代创作中被评论界或多或少忽视了的一部小说杰作。 小说结构分析起来很简单，两种字体，清晰地提示着读者，这是两重不同的时间：一重，是现在的，一位大渡河的建设者对一位上海的来访作家采访工作的接洽与引路；另一重，则是这位建设者的记忆中或讲述中的时间，20 世纪 50 年代的共和国第一代建设者，为大渡河的建设而奋斗和牺牲的人们在这个时间里通过建设者讲述出来。 一般看，只是这两重时间，交叠推进，那往昔岁月的故事也如水落石出，缓缓凸现。 其实，还有一个时间，20 世纪 30 年代中期的红军长征的时间，1935 年，更年轻一代人的转战，那些深怀革命理想的人们的奋进与牺牲，他们，有的走通了大渡河，有的，永远留在了大渡河。 这一点，正如距他们二十年后的 50 年代的年轻的建设者们一样，走通与留下，在讲述者主人公的心里，是不会忘记的，也不该忘记。 所以，经由小说中那位来自上海的女作家的采访的点燃，那些火重新在心中燃烧起来，以至于心心相印之际，"他"完成了对于"她"的故事和信仰的双重传递。 这种"走通"，是通过"大渡河"的空间完成的，因而有着历史记忆的印痕，不会被时间磨灭的精神，在困境险境中仍然相信的情感，后人在解读和阐释历史中的动容与客观，40 年后再读，仍然是动人的，而且，更加动人。 从小说最后的附录猜测，小说中的那位到访大渡河的作家可能正是陈村本人，实地勘察之后，作家查阅了许多材料，但那些材料都化在了小说中，显出小说艺术与历史史实于剪裁中的不同。 于此，我们其实在三重时间中进入一个空间，分别是 30 年代、50 年代、80 年代，而那个空间没变，它就是"大渡河"。 一代人有一代人的大渡河，一代人有一代人的"走通"。 80 年代的走通，是作家对笔下人物的"走通"。 小说，从物理的走通（战争到交通）到心理的走通（认知与书写），而"大渡河"也完成了从物质的存在到心理象征的变迁。 陈村，以三重时间"走通"了它，同时完成了对自我的心灵建构。

《象》却完全不同。 它是一部空想主义的小说。 其中的"象"是空想出的，是小说中的主"人"公，是作家凭空创造出来的，这个道理原先陈村曾多次强调过，写作就是"无中生'有'"。 从无中创生出"有"来，是作家的基本功，更是作家存在的意义。 小说中的林林、林一以及二者的合体，也无一不是作家创造出来的。 一个是记忆，一个是想象，或者二者是记忆与想象的合体。 仍然是两条线，两个空间：一个现实空间，一个想象空间；一个是"我"和林一的空间，一个是"象"的空间。 这两个空间相互交错，而仍有一个藏匿的空间——我和林林的空间，时隐时现。 三重空间，有时完全独立，有时混装而成。 总之是一个作家的创作的状态，他无法分辨真实与虚构，或者他想说的就是虚构即作家的真实。 这是一种难以言说的状态，在这种亦真亦幻的微醺状态里，作家方能有"创世"的幻觉。所以，故事似乎是破碎的，没有什么是不能打破的，有点写到哪里算哪里的感觉。小说在此不是为了成就一个故事，而是将所用的素材分散在各处，令其呈现其自然的样子，作家所要完成的也不是一种连缀或者拼图，而是坦白其创造时的纯自然的过程。只此而已吗？陈村甘心于此吗？那两只"象"的爱情故事反驳了这一观点，两"象"的坚贞纯洁与对彼此的认定以及对世界的仍然相信，也是陈村写作的指向，虽然一地碎片，它们仍然是完整的。

美好的事物往往就是如此。它需要也必须经由作家的手将之落在纸上，构建出来。这也许就是写作存在的意义，是文学提供于世界的意义。

那么，美好的人呢？也是如此吗？同样在80年代，陈村写下了《美女岛》。这部小说怎么看，都属于科幻小说，或者魔幻小说。当然，如今我还不想令它坠入类型小说的分类里。那是一种粗拙的分类。而《美女岛》想说什么，我直至今天也没能全然明白。曾经在《隔着墙壁的对话》一文中提起它，虽然一笔带过，但它的确是我揶揄的对象，而今，我的观点是否有所改变？我试图理解它。然而，它着实令人费解。于陈村而言，他为什么要写这么一部在今天看来，又通俗又先锋、又类型又前卫的小说来呢？他的目的是什么？

我试图理解。

——这部小说似乎在写某种类型或者复制即死亡的主题。也就是说，美应该是独一无二的，如果能够通过生产而使美成为大批量上市的无差别的存在，那么，美最终会成为丑陋。这是一部关于辩证法的小说？！

——这部小说不再以三重时间与两重空间以及它们的彼此交错来结构叙事，而是以一个乌有之乡作为故事的原发地，就是说，它干脆舍弃了现实部分，而进入纯粹的虚构，当然小说都是虚构，但这部小说的基础就是建立在虚构之上的虚构，它已经不在现实与非现实之间拉扯，它只提供一个空间，就是那个被称为"打谷场"的虚拟城市的空间，如此，那反而是一个密闭的空间，而人物呢，也似乎没有成长的时间发展演化，只是瞬间变形、易容的结果。当中断了成长之后，仿佛生命的展开也终止了一样，人物只一个目的，上得岛上，进入水中，出浴变美，逆转人生。如此反复。资本当然在此发挥了极具能量的作用。或者这是一部揭示资本对人性的阉割的作品？！

——这部小说对美的反美学的描述深有意味。当复制的美人成批出现，美变得平常而平庸，再不能激起人们的艳羡，而只会带来厌烦的时候，美反而成了一种丑陋的无个性的符号，美没有了生命力，而没有生命力的美，必然走向了美的反面，于是，人们又想方设法再次上岛，再次入水、出浴，企图变回去，哪怕变回丑陋也为这曾想变美的人所渴求而不得。那么，这是一部探讨人类渴望与权力的作品？！

当美走向了极端而使每个人都复制其得到类同之后，那个相似性或同一性，又难以为人们所真正认同。 这是一部讽刺千人一面的机械化复制时代的作品？

——这是一部令人头痛的作品。 只能说，它留下了种种线头，但倒到最后，都不是那个源头。 它的目的呢？ 也混沌飘拂，也许，作家只是想在小说中留下这些飘拂的东西。 为什么不能呢？ 小说必须告诉我们答案吗？ 它难道不可以提出一些问题，让我们去寻找答案吗？ 当然，小说家们经常做的是前者，但也有一种小说家属于另类，他把解答的使命留给我们，而且放在我们面前的是一张开放式的答卷。

这就是陈村。 放在这里的三部小说，分别写于 1984、1987、1985 年，不长的时间段的这三部中篇，竟然是全然不同的面貌。 总结一下，《走通大渡河》在一个空间里写了三段时间的记忆与故事；《象》将空间放在两处，不断切换，让人于真实与想象中频繁跳跃，这其实也是小说家创作时的真实情态；《美女岛》则干脆一个空间中取消了时间的必要，易容只在一瞬间，这个空间已经是一个类似于量子世界中的空间了。 如是，小说真正进入到了"无"，小说家也就成了"创世"的"上帝"。

也许，这就是陈村想通过书写告诉我们的，小说没有什么一定之规，它有许多个做法，只要你足够有创造性，你可能创生出许多个小说方法。 在这样的方法试验中，小说是小说，小说不必都提供答案，小说可以是艺术，小说也可以是人生，小说可以是哲学数学，也可以是多种不确定的可能性。

2024.10.6

图书在版编目(CIP)数据

走通大渡河/陈村著;何向阳本册主编. -- 郑州:河南文艺出版社,2025.4. -- (百年中篇小说名家经典/何向阳总主编). -- ISBN 978-7-5559-1448-8

Ⅰ. I247.5

中国国家版本馆 CIP 数据核字第 20243JR849 号

丛书策划　陈　杰　杨彦玲

本书策划　李建新　　　　　　　责任校对　梁　晓

责任编辑　李建新　　　　　　　责任印制　陈少强

丛书统筹　王　宁　　　　　　　书籍设计　M 书籍/设计/工坊 刘运来工作室

走通大渡河
ZOUTONG DADUHE

出版发行　河南文艺出版社

本社地址　郑州市郑东新区祥盛街 27 号 C 座 5 楼

承印单位　河南瑞之光印刷股份有限公司

经销单位　新华书店

开　　本　787 毫米×1092 毫米　1/32

印　　张　10.125

字　　数　191 000

版　　次　2025 年 4 月第 1 版

印　　次　2025 年 4 月第 1 次印刷

定　　价　45.00 元

印厂地址　河南省武陟县产业集聚区东区(詹店镇)泰安路

邮政编码　454950　　电话　0371-63956290